I0621938

Lappop

Sybie Kleynhans

Malherbe Uitgewers Publikasie

Outeur: Sybie Kleynhans
Voorbladontwerp: Malherbe Uitgewers

Geset in Franklin Gothic Book 12pt

Alle regte voorbehou
Kopiereg ©Sybie Kleynhans
ISBN 978-1-991455-28-4
Eerste Uitgawe 2024

Hierdie boek mag nie sonder skriftelike verlof van die uitgewer of skrywer gereproduseer of in enige vorm of langs enige elektroniese of meganiese weg weergegee word nie, hetsy deur fotokopiëring, plaat- of bandopname, mikrofilm of enige ander stelsel van inligtingsbewaring.

Hoofstuk 1

Sekondes voor sy wekker lui, is Donald wakker en met die kareehout-kierie trek hy die gordyn oop. In die oostekant begin die geelrooi skynsel net-net loer en die vreugde bars in sy bors los. Sy eerste oggend, in sy eerste huis op sy eerste plaas en ook die eerste oggend van sy nuwe lewe. Hy sit op die kant van die bed, steek sy voete in die ou sandale, gaan staan voor die venster en trek die gordyne heeltemal oop.

Hy staan sekondes en kyk oor die plaaswerf, nie dat daar nou veel te sien is behalwe die stoor, perdestal, die motorafdak en werkswinkel nie. Sekondes later steek die son sy rooioog oor die Amatolaberge uit, eerbiedig laat Donald sy kop sak en sluit sy oë.

"Dankie Vader dat ek die eerste deel van my droom met U hulp kon verwesenlik het, seën my, my mense hier op Amatole Ridge, en lei my op die regte pad. Baie dankie en amen."

Hy stap kombuis toe, trek die ligskakelaar se toutjie en die 32 volt gloeilamp verlig die vertrek. Hy steek die gasstoof aan, voel hoeveel water in die blou ketel is en sit dit op die brander se vrolike blouvlam. Hy staan-staan eers besluiteloos voor die kombuiskaste en probeer onthou waar ou Mieta die koffiegoete ingepak het. Twintig minute later gaan sit hy by die kombuistafel, die ingeduikte groen blikbeker se koffie-stoom kielie sy neusgate.

Hoe voel iemand se teenwoordigheid aan, nog voor daar 'n ligte kloppie aan die kombuis is.

"Kom in ou Jan die koffiewater nou net gekook."

"Môre Setebele, hierdie is nou 'n lekker reuk van jou koffie." Donald glimlag oor die Sotho naam, wat *vuis* beteken. Hy het die naam as kind gekry net nadat hy 'n ander seun, met net een vuishou, so uit soos 'n kers gemoker het.

"Ek dink jou beker is in die rak onder die wasbak. Julle reg geslaap ouman?"

"Baie te lekker, is mos onse eie plaas die. Is jou koffie nog genoeg, Donnie?"

"Ek het nog net een sluk gevat, hoekom kyk jy so snaaks ou Jan?"

"Want jy rook nie jou kromsteel nie?"

"Ek het besluit om buitekant onder die kareeboom te rook of op die stoep, nie meer in die huis nie. Mense kerm oor die rook, en ou Mieta ook."

Jan brom, knik sy kop instemmend, vat sy beker koffie en loop agterdeur toe. "Sy kyk te veel tiewie, maak so by my huis ook. Rumoer en baklei oor alles en dis ons eerste aand wat ons hier slaap."

"Nou kom ou Jan, ek wil haar nie kwaad maak nie. Ons moet mooi praat en vroeg roer. Die krale en draad moet reg wees as die bees kom."

"Is reg so, ek sal die bakkie check en uitstoot."

"Dit gaan nie help nie, ons sal die perde moet vat, dit is daai bergkamp se grensdraad wat so sleg is."

"Wie se plaas is dit daai wat teen onse plaas lê Donnie?"

"Is een of ander uitlander se plaas. Kan nie onthou wie of wat is die naam nie."

"Sjee! Ons het net daai sweetvos in die trêppie nodig, hoekom perde?"

"Want ek wil vooruit ry en as een van ons skielik moet huis toe gaan, dan kan een man ons goed oppas."

"Ghie Ghie," lag Jan, en skud sy kop "Setebele, ek sal seker die trêppie moet dryf, mos ek is die madala hier."

"Jy weet ou Jan, dit is daardie ryk mense wat sulke swak boere is. Hulle kom net naweke plaas toe, om te jag en party te hou. Die voorman maak wat hy wil en wanneer hy wil, gewoonlik as die eienaar weg is, dan rus die voorman. Ook sorg hy dat dit mooi en netjies is daar waar die eienaar gewoonlik kyk."

"Dan beter ek die trêppie gaan check, dalk moet ons kos saamvat want is lang tyd se werk daar."

"Maak so oudste, moet net nie die hele spens inlaai nie."

"Is reg Setebele ek sal net vrugte en vleis kry. Moet ek mieliemeel vir pap kry of die brood?"

"Kry ons papgoete en alles reg, ek sal stuk vleis vat en die .243 dalk kry ons 'n vleisdingetjie daar in die hande."

"Dalk moet jy die haelgeweer ook vat, ons het lank se tyd die lekker tarentaal in die pot gemaak?"

"Jy's reg oudste, gelukkig is dit somer en die nagte is oopslaap se tyd. Ons sal seker so aand of wat

3

oorslaap. Jy moet ou Mieta vertel, dat ek haar kan sê waar ek die sleutel gaan sit."

Dit is omstreeks 15:00 se koers as Donald die perd uitspan, roskam en dan kniehalter. Ou Jan is besig om skoon te maak onder 'n reuse denneboom. Donald stap nader en begin die slaap- en eetgerei afpak. Hy kyk rond en skuinsweg van 'n groot koraalboom sien hy die volmaakte opening in die rotse, net reg om 'n vuur te bou. Hy haal die sak vuurmaakhout van die karretjie af, sit dit by die opening neer en met 'n dennetakkie maak hy die holte skoon.

Hy pak eers fyn houtjies, steek dit met 'n Lion vuurhoutjie aan en as dit mooi brand, gooi hy die dikker stukke doringhout op. "Jan, ek gaan die haelgeweer vat en kyk, ek hoor die tarentale raas daar in die spekbome. Bly net hier, moenie weer agter my aan foeter nie en met jou bontkop kan ek dalk dink jy's 'n tarentaal."

"Sjee!"

"Maak reg, ek stap daar na die rotspoel se kant, as ek nie tarentaal kry nie, is daar dalk 'n wilde eend of so."

Versigtig en rustig stap hy in die smal, maar steil, voetpaadjie op. Met sy gedagtes in die wolke en sy oë met waardering op die prag van die natuur, stap hy stadig teen die pad berg op. Hy kan die waterval hoor, nog voor hy dit kan sien en steek hy vas. Nie oor die lied van die water nie, maar omdat hy kon sweer dat hy 'n menslike stem gehoor het.

Versigtig loer hy deur die takke van die kastaiingboom en sy lippe pers saam. Die twee vroue sit, met hulle rue na hom gekeer, op die plat rots. Die een 'n vlam rooikop en die ander lang swart hare, maar hulle is ten volle geklee en die Engelse uitspraak is duidelik nie van Suid-Afrika nie. Vir 'n paar sekondes huiwer hy en oorweeg dit om die twee vroue te konfronteer omdat hulle sonder toestemming op sy plaas is. Maar dit beteken dat hy sal moet Engels praat en daarvoor is hy nie lus nie. Stil draai hy om en loop terug na waar ou Jan doenig is om die pappot op die vuur te sit.

"Ek het nie 'n skoot gehoor nie, Setebele, gaan ons vleis braai en pap eet?"

"Ja, ek het nie iets gesoek om te skiet nie, maar ek het iets anders gekry." Hy vertel Jan van die twee vroue en ook hoekom hy hulle alleen gelaat het.

"Sjee is beter so, want ek sien die duiwels roer in daai blou oge. Dink ons moet braai en gaan slaap, môre is nog baie draad om reg te maak."

Hulle raak doenig maar die beeld van die swarthare spook in Donald se kop en hy verwens hom dat hy hulle nie gekonfronteer het nie, dan kon hy 'n gesig by swart hare gesit het. Vinnig loer hy na bo, sien daar is nog genoeg daglig oor en hy gryp sy handdoek. "Jan ek gaan gou in die poel spring."

"Sjee Donnie, daai twee vroue is wyd se tyd al weg." Sy gesig vertrek in plooie en dit is duidelik dat hy die man goed ken.

"Ek weet en dit is hoekom ek gou wil gaan skoon-maak." Hy vermy Jan se gesig en drafstap in die voetpaadjie op.

Jan was reg, die poel is verlate, haastig pluk hy sy klere af en duik die koel water binne. Tien   minute later droog hy af, buk om sy linkerskoen aan trek, so sonder kouse en dit is toe iets blinks, tussen die rotse aan die anderkant, sy aandag trek. Haastig stap hy langs die poel verby, spring oor die smal stroompie water en buk by die voorwerp af. Hy tel dit op en sien dat dit 'n goue kettingetjie is, die soort wat vroue soms om hulle enkels dra. "Wie is jou eienares, vlam- of steenkoolkop?" maar niemand antwoord hom nie, net die geluid van die waterval.

Jan loer nuuskierig na hom, maar praat nie en wys net na die rooster. Die pappot staan rustig eenkant en die roostertjie is blink, skoon en leeg. "Ek het die wors reg gemaak, jy kan hom maar vuur gee."

"Bring maar die borde en skep jy solank die pap, ouman. Ek gaan die wors afhaal en sny. Ons moet maar vroegmôre roer en klaar kry met die draad. Dan soek ek nog twee, vas op die poot, ryperde en 'n betroubare man. Sal jy oor die naweek hoor ou Jan?"

"Ek maak so Setebele, gaan jy regkom alleen, ek wil die klomp Ma'xhosas gaan leer ken en sommer die ding hoor wat jou hart laat dieselenjin maak." Hy lag geheimsinnig en gooi nog hout op die kampvuur tussen die twee se slaapsakke.

"Waarvan praat jy ouman?"

"Daai vroumense wat jy by die water gekry het."

"Oo, vergeet dit ou Jan, eks nie lus om heeldag Engels te praat en te luister nie. Kom, voor jy kombers slaan, laat ons net gou bid."

"Amen en dankie Donnie."

"Slaap lekker ou Jan." Donald klim in die slaapsak, draai sy rug op die vuur en binne twee minute slaap hy vas.

Die volgende dag omstreeks 16:00 se koers span ou Jan uit en Donald lei koud, as hulle klaar is dra die twee mans die goed huis toe.

Kort daarna groet Donald die twee ou mense, kry 'n bier en gaan sit op die stoep. Dit is stil en die Amatolas se kolos-silhouette is sag op sy oog en gemoed. Vir die eerste keer voel dit asof Amatole Ridge werklik aan hom behoort. Dan is die twee vroue se gestaltes voor hom, verdwing dit die berge en die vraag maal in sy kop. Hoekom is dit, hy is tog gewoond aan mooi vroue, veral die laaste paar jaar en tog dit is veral die swartkop wat in sy gedagtes refrein.

Die naweek gaan stil en rustig verby, Saterdag het hy die ander grensdrade deurgery en gehelp waar nodig. Sondagoggend het hy besluit om kerk toe te gaan, so ver sy kennis strek is daar 'n Metodiste kerk in Cathcart. Hy trek 'n netjies grys sportbroek en rooi hemp aan, swart Hi-Tech stewels en ry met die Mahindra dorp toe. By die eerste vulstasie vra hy die adres en tien minute later hou hy in Marquard straat stil. Daar is nie veel motors nie en geduldig sit hy en rook die kromsteelpyp leeg.

Hy sien die klomp kerkganers word min, klim uit en steek vas, want die swartkopvrou is op pad na die deur. Daardie steenkoolhare kan net aan een behoort en dit is die oortreder by die waterpoel. Sy steek vas, draai om, dit is asof daar 220 volt kraglading deur hom ruk en Donald klim terug in die Mahindra. Sonder om weer na die kerk te kyk, ry hy terug plaas toe en trek hy die bakkie sommer onder 'n kareeboom in en gaan sit op die stoep. Lank sit hy so, roerloos en staar onsiende na die berge. "Hoekom, Suid Afrika is groot genoeg, hoe is dit moontlik dat toeval en die noodlot so wreed kan wees?" Die dakmossie, antwoord niks, vlieg net met klappende vlerke na 'n droë boom en gaan sit op 'n tak en loer agterdogtig na die man. 'n Man met langhare, 'n sagte stem, 'n man wat met die tuin praat en weet hy gaan geen antwoord kry nie.

Donald sluit sy oë en dink aan daardie dag, daardie dag toe 'n beeldskone vrou hom voor 'n klomp mense verneder en dit terwyl sy vriendelik vir die mense glimlag. Dit is so goed of hy hoor nou nog haar woorde. "Wat soek jy hier Spies, dit is nie jou gaste nie en as hulle die perde wil sien sal ons soontoe gaan? Gaan terug na die stal en as jy vader of een van ons wil sien, maak 'n afspraak en wag by die agterdeur." Marba Silver het na haar besoekers gedraai en verskonend geglimlag. "Jammer julle, maar mens weet ook nie wat jy van die straat af inneem nie. Kom ek is seker julle sal iets koels geniet."

Donald se wange was warm, hy het na die agtienjarige Marba gekyk, in die vername besoekers se gesigte was daar slegs afkeur en genot. Hy het stip na die beeldskone Marba gekyk totdat haar wange verkleur en voor sy kon praat het sy stem haar mond gesluit. "Ek werk nie langer hier nie, vat jou werk en druk dit iewers in." Hy het omgedraai, gehoor hoe mense na hul asems snak en omgedraai en geloop. Twee ure later het 'n Land Rover met 'n vreemde registrasie by hom gestop.

"Want a lift, laddie?" Patrick McDonald is 'n Skot, met 'n woeste baard, hare op die skouers en ysblou oë.

So begin 'n vriendskap, 'n vriendskap wat deur Afrika strek, oor sestien lande, al die kontinente en eindig in 'n sendinghospitaal in Mosambiek. Sy het hom beslis nie herken nie en hy is bly, maar wat maak sy hier? Wel dit maak seker nie saak nie, dit is meer as tien jaar gelede en in daardie tyd het hy hard en ryk geword. Wel dit het Mac se erflating voor gesorg en vir die eerste keer in sy lewe het hy 'n hoeksteen gekry. Dan val iets hom by en hy stap stoor toe. Twintig minute later brand die vuur, hoog en warm. Donald druk die vier ysterstawe daarin, as die punte rooiwit gloei vat hy die ou sweishandskoen en neem 'n staaf uit die vuur se kake. Twee uur later is die ou plaasbord weg en hy hang die nuwe in die plek. Hy staan 'n tree terug, haal die ou silwer heupflessie uit die Mahindra, lig dit in 'n saluut en sluk.

Hoofstuk 2

MACS REST
GEEN TOEGANG / NO ENTRY.

"Dit is genoeg en dit is ons plaas Mac, my ander pa en vriend. Sodra die drade reg en die vee hier is, gaan ek jou as onder die kareeboom strooi. Dan kan die winde jou as oor ons plaas waai." Hy klim in die bakkie, draai om, maak die ysterhek toe en ry terug huis toe. Hy sien die vuur is nog giftig warm, maar gooi nog 'n stomp of ses by en stap deur kombuis toe. Haal 'n halwe skaaprib uit die vrieskas en sit dit eers in lou water. Die stuk wors in die yskas is effens te groot, maar heng môre is Maandag en dan kan hulle dit klaarmaak. Hy gaan skink vir hom 'n whisky, net die regte hoeveelheid, en grynslag as hy Mac se uitdrukking onthou.

"Gooi 'n sagte voet whisky vir ons ou Vuisman."

"Ek het so gemaak Mac, jy weet ek het daardie vrou by die kerk gesien , daardie een wat my en jou paaie laat kruis het. Sy het mooier geword maar ek weet nie wat sy hier soek nie. Dit is nie Silver-wêreld die nie, hierdie is graniet en boom." Sy verdere mymering word ontbreek as 'n voertuig die pad naderdreun. Deur die sipresbome kan sien dat dit 'n wit bakkie is en die woede klim oor sy nek. Die wit Hilux hou by die voorhekkie stil, 'n man klim uit en sommer met die eerste oogopslag vermoed hy dat dit 'n geregsdienaar is, maar hy bly sit.

Die man kom doelgerig op hom afgestap en Don sien die pistoolholster aan sy regtersy. "Middag, met wie praat ek?" Die man se hare is kort, hy is stewig gebou en die gesig vriendelik.

"As jy Afrikaans kan praat help ek dalk, so nie kan jy maar omdraai en die hek agter jou toemaak." Die man verkleur maar kom steeds nader en 'n meter van Don af steek hy vas.

"Ek is kaptein Fred Pieterse en ek is van die lokale polisie, wie is jy?"

"Die eienaar van die plaas en ek is bly jy is 'n kaptein. Ek het jou nie gekontak nie en ek kan sien jy is 'n speurder. Hier is niks gesteel nie, want hier is niks om te steel nie. Gedink ek spaar jou die moeite."

Die man verbleek, draai om, loop na die hekkie en skuldig kom Donald orent. "Verskoon my kaptein, ek was deksels ongeskik en jy was nie. Kom sit asseblief, kan ek jou iets aanbied om te drink?"

Pieterse glimlag, steek sy hand uit

"Hel, ek gewonder wat het ek verkeerd gedoen."

"Niks en ek is Donald Spies en drink op die oomblik 'n whisky, drink jy saam?"

"Regte tyd vir 'n glasie Skots." Hy gaan sit op die ander stoel, haal 'n pakkie Pall Mall uit en sy oë vra toestemming.

"Natuurlik, ek is 'n pypman maar ek gaan eers jou drankie kry, ys en water of wat?"

"Ys en water is reg, dink nie iets anders gaan verbeter op die smaak nie."

Tien minute later lig die twee manne hul glase en Donald praat eerste. "Iets wat jy gesoek het Fred?"

"Donald, ek het net die nuwe plaasbordjie gesien en dit was nie hier toe ek verby is nie, was net nuuskierigheid wat my hier laat indraai het."

"Bordjie omtrent 'n halfuur gelede op gesit. Werk jy of wat?"

"Man ek probeer 'n ryk man se dogter die hof maak, maar ek is duidelik te arm, en Afrikaans. Maar sy het my nie weggejaag en die ouers ook nie, soms help die rang effens."'

"So gaan dit maar deesdae Fred, geld en status is die sleutel tot sukses. Hoe lyk die meisiekind, rooi of swartkop?"

"Jy ken, skaars hier en jy ken die distrik se mooiste dames, ek is beindruk. Whisky smaak vorentoe."

"Ek sal nie juis sê ek ken enige iemand behalwe jy en Tom Mathews die prokurer en eindomsmakelaar nie. Maar van rooi- en swartkop betreders weet ek weliswaar." Hy vertel van die waterval en poel.

"Ja dit is 'n lekker afkoel plek daai en daar was eintlik nooit 'n draad of beswaar as die mense dit gebruik nie."

"Daar sal ook nie wees nie, maar beslis 'n ordentlike draad en hek. Wie is die twee dames?"

"Die rooikop is die een wat ek probeer aankeer, sy is Brenda Zeeman en hulle plaas is Montain Rest, haar ouers is Peter en Donna. Daar is nog 'n seun en 'n regte wintgat, hy is soos 'n wilde hond agter die swartkop, Marba Silver, maar ek dink nie hy gaan hond haar af daar maak nie. Sy is ongelooflik mooi en so koud soos die Suidpool. Haar plek is Wattle Game Ranch and Spa, dit is diè uithangplek in die distrik. Daar is klomp bungelows, top restaurant en 'n kroegdansplek."

"Jy praat van 'n wildsplaas, watse wild het sy daar?"

"Oo, heng eksotiese en ingevoerde wild, niks wat in Suid Afrika voorkom nie. Takbokke, lamas, bere, jaguars en sulke goete. Laat nie jag nie, net vir besigtig en baie word gebruik in films."

"Is sy plaaslik en waar is haar ouers.?"

"Nee sy is maar so vyf jaar hier, kom iewers van naby Gauteng en sy is ongelooflik ryk. Haar ander besighede word deur bestuurders en familie bestuur."

"Wie kuier by haar of is sy in 'n verhouding ?"

"Nee my nuwe vriend, sy is te neus in die lug en ek dink die manne is bang vir haar. Ek hoor 'n perd het haar so tien jaar gelede afgegooi, sy was amper dood en kan glo nooit kinders kry nie. Dalk wil die manne kinders by haar hê en so seker maak van 'n stewige inkomste. Maar Brenda vertel my dat sy haar self as 'n waardelose vrou beskou, omdat sy nie kinders kan hê nie. Maar sy was nog nooit snaaks teen my nie, almal praat met die hoogste agting van haar."

"Okay, is jy haastig Fred, ek het 'n skaaprib braaigereed en ek is alleen?"

"Hoe water my bek sommer nou, ek sal geniet, maar volgende ete en dop is op my."

13

Dit was 'n lekker braai , die geselskap aangenaam en die manne kon hulle harte oopmaak.

Maandag se son het nog sy ooglid begin lig, toe Don en Jan hulle eerste koffie slurpsluk.

"Ek het 'n goeie man gekry en sy kinders loop in Queenstown se skool. Sy vrou kan net Ingels praat en hy ook. Maar hy verstaan bietjie Afrikaans en ken ook Fanagalo."

"Goed so, wat van sy trek en waar gaan hy bly?"

"Ons kan daardie ou melkkamer vir hom regmaak en dan kan hy self aanbou."

"Dit is goed. Het hy baie goed en sal die Mahindra sy goed laai?"

"Mahindie is groot genoeg en ons kan gaan haal, ek het mos liksens."

"Nou maak dan vol en laat Mieta eers die plek skoonkry. Ek sal die perd vat en die res van die draad deurgaan. So kry net die trêppie reg voor jy ry."

Dit is reeds na 15:00 as Donald die perd by die stal intrek, onmiddelik is Jan en 'n nuwe man by.

"Hierdie is nou Jim. Sy vrou Agnes help ou Mieta. Hy het klaar in ou melkkamer ingetrek."

"Middag Jim, is jou hart reg vir die werk hier oop Macs Rest?" hy sien die verbasing in Jan se oë en verduidelik, terwyl hy die leisels aan Jan gee. "Ek het die plaas se naam by die pad verander."

"Sjee ouman Skot sal dit te veel like. Dink jy moet by huis gaan Setebele, ek hoor 'n kar nader kom."

Hy draai om, groet Mieta en Agnes "Ek sal koffie op die stoep drink Mieta, dan kan jy sommer Agnes leer, dankie." Hy het skaars op die stoep gaan sit en die woede trek sy wenkbroue teen mekaar.

Die blink nuwe Mercedes-Benz nutsvoertuig en een wat hy nie ken nie, dan sien hy die silwer letters GLC op die bakwerk. Die voertuig se toeter skal hard, hy steek sy kromsteel aan en lyk ongeergd. Weer 'n keer skal die toeter, dan sak die motor se regtervenster en 'n man met kort rooi hare steek sy kop uit. "Hey jy kom hier?"

"Jou dinges, kom jy hier en praat Afrikaans."

"Hi klein mannetjie, jy weet nie met wie jy praat nie. Ek is Terrance Zeeman en ek trap sulke mannetjies soos hondestront plat."

"Kom hier grootbek of trap." Mieta en Agnes kom met skinkbord aan en Donald keer hulle. "Ek sien daai grootbek klim uit, wag hier dat julle kan getuig wat gebeur het."

"Ons is ook hier, Setebele en sa, vat hom." Jan se stem kom van die huis se hoek af.

"Kaptein Pieterse, kan ek help?"

"Ja twee dinge, praat Afrikaans en..." hy lag saggies. "Skuus Fred ek ken niemand anders nie. Dalk moet jy, die ambulans en die uniform manne uitkom"

"Hel, hoekom my vriend?"

"Daai grootbek Terrance lê hier en hy gaan nie gou roer nie."

"O, donner wat het gebeur?"

"Hy het my hier kom verskreeu en wou my traai moer."

"O, hel en wat gebeur?"

"Ek het hom teruggepot en hy wil nie wakker word nie."

"O hel, met wat het jy hom ... gepot?"

"Met my vuis, gelukkig met die linker anders moes julle die lykswa saambring."

Daar is 'n lang stilte. "O verdomp, ons kom."

"Ek skink solank, 'n sagte doekvoet dop"

Hoofstuk 3

Kaptein Fred Pieterse sit in die ander stoepstoel. Op die geleentheidstafel tussen hulle, staan die fles whisky, kraffie met water en 'n bak met ys. Hulle kyk hoe die laaste polisievoertuig tussen die laning bome verdwyn. "Hel my maat, wat sou gebeur het as jy hom met 'n regter gepot het?"

"Waarskynlik heel kapot, ondanks sy groot liggaam en ek neem aan hy het baie krag, is hy ryk en sag. Wonder of hy twee gevegte in sy lewe gehad het, nie net van weë sy grootte nie, maar natuurlik pappie se geld."

"Jy's reg my vriend, ek moet net die vuis onthou. Ek hoor jou mense noem jou Sete ... iets, wat beteken dit?"

"Setebele, dit beteken vuis. Van skooldae af dit gekry en jy weet amigo, ek is nie regtig lief vir baklei nie. Maar ek hou nie daarvan dat mense my vloek of beledig nie en natuurlik slegs beledig. Nog polisie of dalk die Zeemans wat hier aankom?" Hy wys na waar 'n rooi voertuig deur die bome flits.

"O magtig my maat, hier kom groot probleme, dit is Brenda se Suzuki daardie. Jy en ek gaan moet bontstaan, dalk is my voornemens gekelder."

"As dit is dan is ek jammer. Kom ons kry dit, ek sal voorloop en jou beskerm." Hulle steek vas, die regterdeur gaan oop en Brenda Zeeman klim uit. Sy het 'n verbleikte denim, rooi toppie en swartleerstewels aan, haar welige rooi hare hang op haar skouers en sy is mooi, met sproetjies oor die neus.

Met onseker hale kom sy nader, loer ongelowig na Donald, kyk dan na, 'n ongemaklike, Fred en sy oë rek as sy hom in Afrikaans aanspreek. "Gaan jy my nie groet en voorstel nie Fred? Hoekom gaap jy my so verbaas aan?" Haar laggie verbreek die spanning. Fred staan nader en sy soen hom.

"Skuus Brenda, nie geweet jy kan Afrikaans praat nie en om eerlik te wees, ek het nie geweet wat om te verwag nie," bieg hy, bloos as sy glimlag en sy hand vat.

"Hello Brenda, welkom op Macs Rest. Kan ek 'n tong-of handaanval verwag of kan ek vir jou 'n drankie skink?"

Sy steek haar regterhand uit en as hy dit aanvaar, glimlag sy weer. "Ontspan ek wil dankie sê en dit vir twee dinge."

"Twee?"

"Een vir die drankie en tweedens, ook die grootste, baie dankie dat jy Terrance gemoer het." Hulle staar haar verbaas aan en sy giggel. "Dit is mos die regte woord, nie waar nie?"

"Kolskoot en kom ons gaan stamp daai sool." Sy haak by beide mans in en Fred kry 'n stoel reg. "Dankie, en wat drink julle twee?"

"Whisky en water, maar hier is wyn, bier en vodka. Wat sal jy neem, Brenda?"

"Ek dink 'n wyntjie sal heerlik smaak, dankie Donald."'

"Ek bring, en sal dit rooi of wit wees?"

Sy kyk na Fred. "Daar is biltong op die linkersitplek, sal jy dit kry asseblief Fred en dan sal ek rooiwyn neem asseblief."

"Jy gaan nie omgee as ons rook nie? Sal graag wil weet wat in jou gemoed aangaan Brenda, so asseblief, praat."

"Natuurlik." Sy buig effens oor na Fred en soen hom skeefweg op die mond. "Ek ken jou nie goed genoeg, daarom soen ek vir Fred om dankie te sê."

"Heng dit is okay, solank hy dit net nie probeer aanpaas nie." Hy en Brenda lag vrolik as Fred bloos en geskok lyk.

"Siesa, maar dankie vir die soentjie Brenda. Is dit net die een?"

"Jy's gulsig Fred, maar dalk later as ons alleen is." Sy vat sy linkerhand en lig die kelkie met haar regter. "Baie dankie Donald jy het almal 'n groot guns gedoen en ek hoop hy sal voortaan sy maniere ken."

"Waarvan praat jy Brenda, dit is mos jou broer?"

"Stiefbroer, sy van is nie eers Zeeman nie, hy is deur my vader aangeneem. Sy ouers is in 'n fratsongeluk, wat deur my pa veroorsaak is, dood en dit gebruik hy as my ouers hom aanspreek. Nee, ek hoop jou loesing het hom goed gedoen. Hy het geen manier of respek vir niemand nie. Marba het al gedreig met 'n hofbevel, maar hy agtervolg haar sonder ophou."

"Dan is ek bly ek het hom getik. Kom, kan ek nog 'n wyntjie skink?" Haar selfoon lui, sy knik, staan op en stap so entjie weg. "Hey, kaptein los haar lyfie uit en kom help my skink."

"Skuus, maar sy het 'n lyf nè?"

"Sy het, maar jy gaan later kans kry om dit van nader te waardeer. Kom ons loop."

"Dankie, dit was moeder en sy het vertel oor Terrance." Brenda lag, vat 'n stukkie biltong en dan 'n slukkie wyn. "Die hele dorp gons en beskou jou as 'n held. Marba het net na moeder gebel en sy wil jou graag ontmoet, Donald?"

"Nee!" sy woorde laat die ander twee verbaas na hom kyk.

"Hoekom nie Donald, ken jy haar dan?"

"Ja ek doen en niks goeds daaraan nie. Sy het my beledig soos geen ander vrou nie, al was sy so agtien jaar oud, regverdig dit nie die inpak van haar woorde nie. Nee sê vir haar 'n ryk, dame verneder haar nie deur met iemand van die strate af, te praat nie. Nee sy kan haar nie so verneder nie." Hy ignoreer hulle verbasing en staan op. "Ek ruik pannekoek, niemand kan ou Mieta se pannekoek klop nie, kan ek gaan haal?"

"Oh goody, kan ons saam gaan asseblief?"

"Baie dankie vir julle kuier, en bel maar as ek moet inkom. Maar ek gaan seker die res van week besig wees, maak môre grensdraad klaar en Donderdag kom die eerste vrag beeste."

"Gaan jy en jou twee manne regkom, ek kan verlof vat en kom help? Ek op 'n plaas grootgeword, daar in die ou Vrystaat."

Brenda draai vinnig na hom en vra verbaas" Kom jy van 'n plaas af, Fred en hoekom is jy weg daar? Skuus, as ek mag weet."

"Natuurlik mag jy weet, is die droogte wat vader gedwing het om te verkoop en hy kon dit nie aanvaar nie. Hy en my moeder het hulle saam in sy ou Datsunbakkie, vergas."

"Nee nie dit nie." Brenda gryp sy arm vas en druk haar kop teen sy bors. "Jy moenie daaraan dink nie, asseblief."

"Dit is lank terug maar die plaaslewe is maar in die bloed. So asseblief my vriend, veral met saaiery en skaap."

"Ek is geen saaiboer nie." Erken Donald en maak die die Suzuki se deur vir Brenda oop, wat hom op die wang soen en dan 'n lang soen op Fred se mond. "Dankie Brenda, laat dit nie die laaste kuier wees nie. Ooo, onthou jy kan enige tyd in die kuil gaan swem." Die twee mans lag as hulle die verleë en verbaasde op haar gesig sien.

"Jy ... jy het ons gesien swem? Wa ... het ons ... iets aan gehad?"

"Jip maar nie bikini's nie."

"Nee!" sy druk haar hande voor haar gesig, loer deur haar vingers en sien die amusante uitdrukkings. "Wanneer was dit?"

"Vrydag, en ontspan, julle het met die rug na my gesit en was ten volle geklee."

"Jou bees, en ek sou skaam geword het. Mag ons weer daar gaan swem?"

"Natuurlik maar daar gaan twee dinge verander."

"Wat, moet ons toegang betaal?"

"Nee daar gaan 'n hek wees, jy sal die kode van die slot kry, ook 'n ordentlike draad. Die gaan ons môre aansit."

"Geen probleem nie en die tweede ding?"

"Julle moet my of Fred bel as julle in Evasgewaad gaan swem." Sy laat die motor ruk met die wegtrek en haar vrolike gegiggel duidelik hoorbaar. Kort na Brenda ry Fred en belowe om Donderdag vroeg hier te wees of betyds te skakel as hy verhinder gaan word.

Die volgende dag is hulle besig met die draad, drie pare hande help aansienlik en dit is Woensdagmiddag klaar. "Manne julle kan gaan tjaila. Onthou die bees gaan vroeg hier wees en daar gaan baie vragmotors kom, ook vir hele paar weke. Kry net die perde reg en sorg dat alles reg is manne, kom ek gee julle 'n suigdingetjie."

Donderdag om 05:00 is daar 'n klop aan die kombuisdeur en voor Donald kan antwoord roep Fred uit. "Hey, is daar koffie, of slaap jy nog?"

"Deur is oop, jy is vroeg mi amigo. Ketel is nog warm." Die deur gaan oop en Fred stap in, agter hom is Brenda en beide grinnik vir die verbasing op Donald se gesig.

"Is ek welkom?"

"Heng Brenda, wat praat jy? Kom sit, ek skink, nee wag skink jy Fred ek neem aan jy weet hoe julle die koffie wil hê."

"Ek is regtig bly om julle twee saam te sien. Sien julle kans om te help, die eerste vragmotor met sy sleepwa sal so teen ses uur hier wees."

"Van hoeveel bees praat ons en watse ras?"

"Beefmaster drie honderd verse en almal reeds beset."

"Sjee is mooi lot."

"Wat is beset?"

"Brenda dit beteken dat hulle dragtig is, jy weet wat dit is?" Donald lyk ongemaklik en loer vinnig na Fred.

"Beset, dit is 'n mooi naam vir verwagtend. Ek leer baie van Afrikaans nou en ek hou daarvan."

"Dan is ek bly, ek wil net die ketel volmaak en aansit. Ek kan ou Jan en Jim voel aankom."

"Voel aankom, jy bedoel seker hoor aankom?"

"Nee, voel. Ek weet nie mooi hoe om jou beter te verduidelik nie, Fred."

"Ek weet nou wat jy bedoel, soort van 'n sesde sintuig en dit leer jy aan deur konsentrasie en ondervinding nie waar nie?"

"Soort van."

"Geen verdere vrae nie, ek dink jy's reg, maar ek voel hulle nie, ek hoor hulle."

"Jy moet vir jou 'n goeie paar honde kry, Don. Mag ek maar Don sê?"

"Dankie, ek is bly jy gebruik die verkorte woord. My goeie vriende gebruik dit en ek beskou julle as goeie vriende, eintlik enigstes ook."'

"Dankie Don en jy is onse vriend ook."

Voor Fred verder kan praat is daar 'n klop aan die deur.

"Kom in manne, die ketel is amper klaar gekook."

"Ons moet vinnig maak, daai lorries kom aan."

"Baie dankie banna (manne) ek dink die vroue het kos gemaak en môre gaan daar dalk meer lorries wees. So ek dink ons los die wyn tot die laaste lorrie afgelaai het."

"Wat van julle tweetjies, gaan ons eers eet of wat?"

"Ek hoop nie jy gee om nie Don, maar ek het ou Mieta gevra om die twee spaarkamers reg te kry en die beddens oor te trek. Dan slaap ons sommer hier, daar gaan nog spuitstof en oorplaatjies benodig word. Dan kan ek dit gaan haal en wat nog nodig is. Jy moet na alles verby is by die BKB aansluit."

"Ek sal so maak en sal sommer volgende week dit doen."

"Weet jy, ek het nie getel hoeveel bees op die vragmotor en slaapwa saam is nie?"

"Dit wissel maar ons kan werk op so tussen twee tot vyf en twintig. Hier was ses lorries en ons kan môre weer so ses of sewe verwag, dan sal dit klaar wees."

"Dit klink na besigheid. Kom wys my hoe werk jou stort se water, dan kan julle die vuur pak of wat?"

"Bren, ou Mieta het my gesê daar is gekookte kos in die stoof wat ons net in die mikro moet warm maak. Ek weet hoe werk Don se stortbad, sal jou gou wys."

"Dankie ek sal gou wees, julle wil seker ook gaan stort?"

"Ek dink ons gaan sommer in die sementdam skoonmaak." Fred sien haar gesig verhelder en vervolg haastig. "Ons het nie baaiklere nie, maar as jy dalk..."

"Kom wys my gou, jy word stout."

Daar is maar min oor die kombuistafel gepraat en na die ete is die drie na hulle onderskeie kamers, maar net voor Don sy kamerdeur oopmaak keer

Brenda se woorde hom. "Marba kan jou onthou en haar reaksie was vreemd, sy het bloedrooi geword, omgedraai en geloop. Ons het nog nie weer gepraat nie, maar doen dit byna elke aand oor die selfoon. Ek sal jou vertel, slaap lekker en kom sê my asseblief nag Fred."

Teen 17:00 se koers vertrek die laaste vragmotor en die klomp stap huis toe. "Ou Jan, jy en Jim kan maar wyn kry, daar is tabak en julle kan môre laat slaap, julle manne het geroer. Ek sal die bees self môre gaan opcheck."

"My maat, ek moet by die stasie uitkom en Bren se mense is al bekommerd, so verskoon ons asseblief."

"Baie dankie julle, ek waardeer dit."

"Dalk moet jy môreaand saam met ons by die Wattle gaan eet en dan kan ons ook Marba se reaksie toets." Sy sien Don wil weier en sy sit haar hand op sy voorarm. "Asseblief ek dink sy kort 'n bietjie om terug te kom aarde toe."

"Ek gedink julle is groot maatjies?"

"Ons is, maar dit was haar beurt om gisteraand te bel en sy het nie. Toe bel ek, kom by haar voicemail uit, los 'n boodskap en sy het nie eers vandag probeer bel of iets nie."

"Oepsie, dan sal ek so moet maak, hoe laat en waar kry ons?"

"Kom so 15:00 se kant in tot by my huis, sal jou nou die adres stuur. Dan ry ons met my motor."

"Kan ons nie met die Pajero ry nie, ek sal na jou huis toe kom?"

"Goed so besluit julle maar, ek sal drie uur by jou plek wees." Brenda soen hom en klim in die linkerkant van die Suzuki. "Dankie my maat." Die twee skud hand en dan ry hulle.

"Ek was bang jy kom nie." Fred kom hom tegemoet en die twee mans staan 'n ruk buite die huis.

"Oulike plekkie wat jy het amigo, jy gekoop?"

"Ja wat, al verplaas hulle my, dan verhuur ek dit maar. 'n Man moet 'n plek van jou eie hê. Kom ons drink 'n bier of wil jy doekvoet trap?"

"Bier kan smeer en ek het 'n smeersel nodig ... ek het vir jou 'n paar bottels gebring, volgens Mac is dit al soort wat jou doekvoet laat trap. Hier is dit, dra jy ek bring net my vuurwapens in, moet nog ordentlike kluis kry." Don moet twee maal loop voordat die wapens in Fred se kluis is.

"Dankie ek sien dit is Jameson, te duur vir 'n polisieman se salaris. Sal graag op 'n kol na jou wapens wil kyk?"

"Kan so maak, maar nou drink ons 'n bier."

Hulle is halfpad met die bier wanneer Brenda aan die voordeur klop, Fred groet haar met 'n soen en voordat Don orent kan kom soen sy hom op die wang en gaan sit op die stoel wat Fred vir haar uitrek. "Ek sal sommer van jou bier drink Fred." Sy maak so en vat sy hand.

"Jy was so vinnig in en op die stoel dat ek nie mooi kon kyk nie, maar jy lyk pragtig."

"Baie dankie meneer die Casanova." Sy knipoog vir Don voor sy Fred soen. "Kan ons maar ry?"

"Jip maar as julle nie omgee nie, ry ek met my bakkie."

"Nee, hoekom wil jy dit doen?"

"Brenda, as sy my beledig of daar is iets onaangenaam is, gaan ek huis toe."

"Ek verstaan. Kom ry agter my aan."

Terwyl hulle ry kyk Don aandagtig rond, die geboue, die mense, later die veld en onwillekeurig ry hy stadiger. Die gras, die struike, die bome en hy ken minder as 'n kwart van die onderskeie name nie, is oogsteel mooi Hy loer na die berg, bring die voertuig tot stilstand, klim uit en staan sy nek geboë.

Hy hoor die Pajero in trurat tot voor hom stilhou, die deure wat oopgaan en Fred se bekommerde stem.

"Wat is fout Don, hoekom staan jy so?"

Hy kyk na die twee bekommerde gesigte, glimlag en wink hulle nader. "Kom staan langs my, weerskante asseblief ek wil julle iets wys wat julle waarskynlik tot vervelens gesien het en dalk nie eers meer sien nie." Fred staan aan sy linkerkant, Brenda regs en sy slaan haar arm om sy middel. "Kyk na die ongelooflik hartklop-stilte van die Amatola se natuurskoon. Kyk daar teen die kranse, kyk hoe rustig sit die dassies, rustig maar waaksaam. Kyk daardie arend op die skerp spits, jy kan byna die sny van sy skerpkyk voel. Kyk die varing, hoe dit wortel vir wortel teen daardie blink-groen rots uitbeur. Voel die asem van die berg, voel die ligte windjie en weet dit is nie net 'n wind nie, nee, dit is sy fluisterstem. Hy fluister, maar wil ons luister? Nee, ons jaag die oop koffers van Mammon, hardloop agter blink ligte, nuwe motors en kastele. Sien julle, ervaar julle en as julle doen, laat sak julle koppe en wees dankbaar. Bid en wees bly want julle staan op die wange van die ongelooflike gesig van Moeder Aarde."

"Ek voel dit en ek bid saam." Die vreemde stem kom van agter, met die twee steeds langs hom swaai Donald om en hy voel skaam. Agter hulle staan ses motors geparkeer en die mense staan digby hulle.

"My Afrikaans is baie sleg, maar ek verstaan dit goed genoeg om te besef dat jy, vreemdeling, my skaam en dankbaar maak. Hello Brenda, Kaptein ek is Dawn Robertson en dié is Rowan Prescott. Jy moet seker die vegter wees?" Die glimlag om die aantreklike blonde kop vrou is vriendelik en sy steek haar hand uit.

Donald steek sy hand uit, voel die sagte, warmte en glimlag verleë. "Aangenaam, ek is Donald Spies en nie regtig 'n vegter nie. Jammer dat ek julle moes laat stilhou, maar die skoonheid van die berg is genoeg om enige voertuig te laat stol." Daar is 'n applous en dan byenes hulle name en vanne uit.

"Dankie vreemdeling, dat jy ons bewus gemaak het van die voorreg wat ons het om hier te kan bly. Ek is Jannie Venter, eienaar van die eerste garage, kom sien my asseblief wanneer jy hulp nodig het."

Die bekendstelling duur maklik 'n twintig minute en dan begin die mense terugstap motors toe, maar dit gaan beslis langer vat voordat almal ry, want die nuwelinge wil eers weet wat aangaan. Brenda en Dawn staan in drukke gesprek, dan draai laasgenoemde om en stap na Don. "Kan ek maar saam met jou ry, dan kan ek jou dalk help met name en so?"

"Baie dankie, maar wat van die man waarmee jy saam gery het, sal hy of hulle nie snaaks dink nie?" Sy glimlag, skud haar kop en vinnig maak hy die Mahindra se linkerdeur oop.

"O, ek glo nie my swaer sal omgee as ek met jou saam ry nie." Haar Afrikaans is goed, haar stem is vriendelik en haar blou oë flikker vrolik.

"Dan is ek bly en daar is niks fout met jou Afrikaans, jou pragtige gesig, oë en warmte vergoed waar jy stem dalk mistrap."

"Dankie, ek het nie gedink jy is 'n vlyer nie, Donald?"

"Dawn ek is nie, ek praat net wat ek sien en ervaar."

"Ek spot net, dit weet ek want ek ... ons, het jou gesprek gehoor en veral ek het dit aangevoel. Weet nie wat se man jy is nie, maar ek weet een ding pas nie by jou na wat ek pas ondervind het nie."

"En dit is?"

"Jy is beslis nie 'n vuil vegter nie, al praat my pasiënt anders."

"Pasiënt?"

"Ja daardie veragtelike man Terrance, ek wil nie maar my eed verplig my."

"Jy, 'n mediese dokter, nou is ek beïndruk Dawn. Nou wat sê jou pasiënt en wat sê die ander mense?"

"Hy vertel dat jy 'n steelhou geslaan het, dat jou mense hom teen die grond vasgehou het en het jy sy kakebeen afgeskop. My ondersoek het dit as 'n leuen ontbloot en toe die verklarings van jou mense."

"Baie dankie Dawn, ek het nog nooit hulp in enige vuisgeveg nodig gehad nie. Is sy kakebeen regtig af?"

"Jip, op vier plekke. Met wat het jy hom regtig geslaan en hoeveel keer? Jou geheim is veilig by my."

"Ek weet." Hy lag lekker en verminder spoed as hulle die imposante ingang van ... **SILVER WATTLE GAME RANCH +SPA** ... binnery en hy agter Brenda stilhou en die voertuig afsluit. "Ek weet van die dokters-eed en dit is daarom wat ek jou gaan vertel. Ek het hom net een hou met my linkerhand gegee en toe val hy."

Sy kyk hom met vernoude oë aan. "En jy is nie eintlik links nie, so het ek opgemerk. Wat sou gebeur het as jy hom met jou regter geslaan het?"

"Dan was ek in die tronk vir Strafbare Manslag, ek het vermoed hy is 'n groot papperd, maar nie gedink hy is so saf nie. Kom ek help jou uit, my doktertjie, die bewaker van my geheime."

"Jy's verspot, maar ek glo jou van die vuishou. Wag, hier is Brenda nou." Geselsend stap die vier na die massiewe grasdak gebou. Hy staal homself teen die mense se nuuskierige blikke en agter die hand praatjie. Langs hom hoor hy Dawn en Brende se vrolike stemme, maar ook hulle giggel vrolik.

Daar is 'n reuse TV skerm, eintlik drie van hulle, 'n U-vormige kroeg en baie sitplek met tafels. "Gaan sit julle, ek wil eers sus gaan groet, die vrae beantwoord en by julle aansluit, as ek mag?"

"Natuurlik is jy as jy by ousus kan verby kom. Oeps hier kom vader en moeder ook aan, maar hulle lyk nie te gestres nie."

Peter en Donna Zeemann is beide grys, modern geklee, duidelik vernaam en lyk ook soos geld. Donald en Fred kom orent, maar iets in die ouer man se houding verhoed dat Donald sy hand uitstoot. "Fa..."

"Ek weet wie die man is en ek wil hê dat jy dadelik uit die geselskap loop en los die armsalige polisieman ook daar. Jy Spies of wat jou naam is sit nooit weer jou pote naby een van my kinders of eiendom nie. Is dit duidelik?"

"Baie duidelik ou man, maar hoekom? Ek het seker die reg om te weet?"

Dit is skielik doodstil in die groot gebou. "Ek hoor jy het my seun geskop en jou mense gedwing om valse verklarings af te lê en dat jy onbetroubaar is, sommer jou werk los nadat jy weier om bevele te gehoorsaam. In kort jy is 'n ongure karakter."

Donald, vryf oor sy baard, kyk verbaas, agter die man kom sy uitgestap en dan weet hy hoekom. "Goeie naand mejuffrou Marba Silver, jy het waaragtig mooier en meer ongeskik geraak. Ek het gedink ek sal jou nooit weer sien nie, maar die noodlot het sy dobbelsteen verkeerd laat rol. Ek verlaat jou plek met graagte en ek hoop om nooit weer in die gesig van 'n heilige regter vas te kyk nie. Goeie naand almal en jammer dat ek die heilige atmosfeer besoedel het."

Die stilte duur voort as hy na Brenda en Fred kyk.

"Ek is so jammer, nou verstaan julle hoekom ek alleen gekom het. Totsiens, ek sal jou kontak oor die goed wat by jou gestoor is."

Hy draai om en loop by die deur uit. Tien minute later brom die Mahindra deur die hekke. Sy gedagtes malend, haar beeldskone gesig dansend voor hom en dit maak dat hy die uitdraai na sy plaas mis. Hy trek af, klim uit, voel vir die bier en haal die klein flitsie uit

31

die paneelkassie en klim deur die draad. Hy sien hy is naby 'n ashoop of stortings-terrein, 'n geluid links laat hom die ligstraal soontoe skyn.

Hoofstuk 4

Donald Spies word eers yskoud, dan warm, hy laat die flits se straal sak, die blou oë skyn tot in sy siel, sien die vuil, geskeurde klere en 'n tou met 'n kaartjie om haar nek. Stadig kom hy nader, bang om haar skrik te maak, maar sy sit doodstil, nou sien hy die verslete lapleeutjie in haar hand, dit lyk nog erger verwaarloos en stukkend as die klein dogtertjie.

"Moenie bang wees nie gogga, ek sal jou nie seer maak nie, kom ek tel jou op." Die blou oë verlaat syne vir geen oomblik nie, sy los die speelding, wys na haar ore en skud haar kop. Hy frons, maar dan besef hy dat sy doof is of dalk nie kan hoor nie. Hy glimlag, byt die flits tussen sy tande vas, stadig stoot hy sy hande uit. Sy lig haar arms en hy tel haar versigtig op. Sy is so ongelooflik lig, sy draai haar kop, kyk af grond toe en hy besef sy soek die speelding. Hy buk, tel dit op en om sy nek voel hy haar arms se greep verstyf. In die paneel se ligte lyk sy eers verwaarloos en byna stukkend. Hy loop stadig om die bakkie, klim in en kyk weer na haar. Steek sy linkerhand uit en lees die kaartjie om haar nek. Die skrif is duidelik deur 'n haastige hand geskryf en beslis nie die van 'n kind nie...

rosamund
paper in pocket.
not want deaf children

Opeens weet Donald Spies wat hy moet en gaan doen, hy trek haar nader aan hom, gooi sy bosbaadjie oor haar en skakel die voertuig aan. Hy ry by die huis verby, hou langs Jan se slaapplek stil en as die by die deur uitloer praat hy haastig. "Kom jy en Mieta dadelik huis toe." Hy hou by die kombuisdeur stil, dra haar in en sit haar op die tafel neer. Verwonderd draai die blou ogies rond, haar mondjie hang effe oop en aan die vuil gesiggie is dit duidelik dat sy lanklaas of dalk nog nooit so iets gesien het nie. Hy maak die yskas oop, haal 'n beker melk uit, maak 'n glas vol en gee dit vir haar. Hy glimlag as die blou van haar oë sterre maak, met bewende hand vat sy die glas en drink, lank en genotvol, gee die glas terug. Hy vat 'n skoon sakdoek, vee die wit ring om die mondjie en loer desperaat rond. Buite hoes ou Jan en hy vryf haar haartjies deurmekaar en wys na die deur.

"Kom in julle twee, maar stadig, ons het 'n verskrikte gas." As die deur oopgaan, rek Rosamund se oë en verskrik gryp sy hom vas.

"Auk!"

"Sjee, Setebele. Hello kleintjie, waar kom jy vandaan?"

"Stadig sy is doof en ek dink honger ook. Jy moet help Mieta, asseblief."

"Natuurlik maar jy moet vertel, en alles Setebele." Sy raak doenig met die meisie en Donald vertel, vertel alles terwyl Mieta Rosamund se gesig en hande onder die wasbak skoonmaak. "Ek gaan eers vir haar roereiers en brood gee, dan gaan ek haar skoonmaak. Gee vir haar nog melk en praat met haar. Setebele maak oop die bo-deur en rook daai stink pyp daar. Ek het baie gepraat oor die gerokery maar jy is soos 'n stout kind ... kom klein eendjie ons eet gou en dan gaan ek jou bad."

"Wat gaan jy haar aantrek, daai goed is vodde en ek dink nie die winkels is oop nie?"

"Gaan van jou ou T-hemde wat te klein is, nog kleiner maak en dan kan jy môre ander koop."

"Dalk is sy nie meer môre hier nie, ons weet nie. Dalk soek haar regte ouers haar?"

"Dan het hulle haar lankal kom haal en die weggooi se kind, sy is deur die Here vir jou gestuur. Kyk sy was so honger alles klaar gemaak. Kom dat sy gaan bad, help met die ligte Jan, sit jy daar lyk of jy 'n drom bier opgetel het."

"Moet ek help Mieta?"

"Nee Donnie, sy is 'n meisiekind en nog skaam. Wag in die gang dan gooi ek haar goed uit, jy en ou krombeen kan haar sakke deurgaan."

Hy vat die flenters terug kombuis toe en kyk na Jan.

"Voel jy die alles deur ou Jan en ek kry solank 'n bier of iets." Hy loop na die kroegie toe en as hy met twee biere terug kom het Jan 'n klein sakkie en 'n klein stukkend dosie, wat lyk soos 'n ringhouertjie.

"Is al wat ek kon kry, daai klein boksie was binne in die jassie se sak, die ander was in sy buite sakkie, maar is nie ons taal of Engels nie. Verstaan dit glad nie, miskien jy kan traai Setebele."

Hy vat die papiere, loer vinnig en staan op. "Gaan my tablet haal, van die woorde is in Duits en ander lyk soos Russies, wag net, en jy suip nie my bier uit nie."

"Sjee wat help daai plat selfoon jou, my bier is al droog en jy skryf, skryf net?"

"Hel ou brompot, waar is Mieta en Rosamund? Dit is mos al lank?"

"Sjee, sy slaap al Donnie, netnou toe jy buite gaan loop het, het myse vrou gepraat."

"Waar slaap sy, ou Knorpot?"

"In jouse kamer Setebele. Waar anders? Sy ken nie die huis of niks nie, as sy wakker word in die huis wat gaan hy maak? Kan nie eers hoor en ek dink praat nie."

"Maar ek kan rol en haar platlê?"

"Nee ons het die klein bedjie skoon en reggemaak, sy slaap nou. Die kind is so mooi soos 'n winkelpop, met al daardie vuilgoed wat om haar gepak was. Kom kyk julle twee en moenie raas nie."

Sy slaap in die klein bedjie, dit is teen sy bed getrek en die gesiggie wat bokant die komberse uitsteek is voorwaar soos die van 'n porseleinpop. Haar hare is skoon gewas en in die 32 volt lig skitter dit soos goud. "Sy is ongelooflik fyn, broos en mooi."

"Kyk daar is water en onder die bed is 'n peepot, as sy wakker word, wys haar net en draai jou rug."

"Okay ek..."

Mieta knip hom kort, vat hom aan sy voorarm en met haar heup stamp sy Jan na die deur toe. "Kom julle, ek wil koffie hê en hoor wat sê daardie papiere."

"Haar naam is Rosamund en sy is van Duits en Switserse afkoms, haar pa het haar en die ma weggesmyt en die land verlaat, vermoedelik terug Switserland toe. Klein Rosamund het van 'n boot afgeval en haar gehoor is aangetas. Sy en die ma is deur 'n reisiger opgelaai en twee dae gelede is sy op die ashoop neergesit. Die ma se nuwe kêrel wil nie die dowe kind aanvaar nie en sy is daar gelaat."

"Wat gaan jy maak, Donnie?" Mieta se gesig is stram en haar oë ernstig.

"Kyk Mieta, wat gaan van die kind word? Sy sal na 'n spesiale skool gestuur moet word en wat dan, sy is mooi en doof. Sy gaan mishandel, gespot en misbruik word, sy bly net hier totdat wie ookal my kan oortuig dat sy elders veiliger en beter behandeling kan kry. So, ek het 'n dogter en julle 'n kleinkind."

"Dankie Donnie, jy moet mooi kyk en wakker slaap. Sy sal jou wys as sy, iets wil drink of by toilet moet gaan. Ook sy is bang en kan dalk in die nag by jou bed inklim. Moenie baklei nie, kleintjie soek liefde en warmte."

"Reg so my ander ma, dankie julle twee en gaan slaap lekker."

Hy sluit die agterdeur. So ver as wat hy loop skakel hy die ligte af. In sy kamer steek hy vas en kyk na die slapende figuurtjie in die enkelbed. Hy trek haastig uit, pluk 'n T-hemp oor sy kop en 'n swart voetbalbroekie. Haal die klein Bybeltjie uit die bedkassie, gaan sit so dat hy haar kan sien, maak die Bybel oop, blaai rond en dit val oop op Psalm 16. Hy lees eers sag en onthou dat sy doof is en laas dan harder, vers 6 lees hy tweekeer oor... **Die meetsnoere het vir my in lieflike plekke geval, ja...**

Hy sluit sy oë en bid, bid vir dit wat vandag gebeur het en hy bid vir die klein wonder in die bed langs syne. Hy smeek vir krag, leiding in alles wat hy doen, beplan en doen. Maak sy oë oop en sien sy is wakker, die blou oë staar verwonderd na hom, dan glimlag sy skaam en amper laat trots Donald se bors bars. Sy glimlag weer hou haar bekkie omhoog en hy soen haar saggies, byna onmiddellik val die ogies toe en sy snork liggies.

Hy vat sy selfoon, rookgoed en die .9 mm Browning en sit dit naby die venster neer. Maak die venster oop, trek die muskietgaas af en gaan skakel die bedlampie by sy bed af. Hy vat 'n bier uit die klein yskassie, skuif die tafeltjie en stoel sodat hy haar kan dophou en steek sy pyp aan, maak seker dat die rook by die venster uittrek en maak 'n bier oop. Dink aan klein Rosamund, wat het gebeur dat die pragtige dogtertjie op 'n ashoop weggesmyt is en die toeval dat hy daar moes stop. Hy tel die selfoon op en sien daar is 'n helse klomp oproepe van Fred, maar die laaste was meer as 'n uur gelede.

Hy trek net 'n laken oor hom, sluit sy oë en swets saggies, want hy dink nie aan Rosamund nie, maar aan Marba. "Hoekom spook jy by my jou verwaande, beeldskone heks, wat het ek gedoen en hoekom gun jy my geen geluk? Dan slaap hy, droomloos, en skrik met 'n ruk wakker. Dan glimlag hy want hy voel die armpies om sy nek en die sagte warm, lyfie, weer voel dit of sy bors ontplof.

Die volgende oggend is hy teen die gewone tyd wakker, trek versigtig aan en stap kombuis toe. Die ketel het net begin kook toe daar 'n klop aan die deur is. "Kom in Jan." Maar hierdie keer is dit Mieta, gevolg deur Agnes, en dan die twee mans wat die kombuis binne kom. Die twee mans groet beleefd, maar die vroue pyl die gang af en Don skud sy kop.

"Wat het die sonkindjie gemaak, Setebele?"

"Sy het mooi geslaap, maar in die nag by my in die bed geklim, my vasgehou en geslaap. Was snaaks om die klein lyfie by my te voel. Kom manne ek is dors, en baie ook. Kry julle bekers reg en ons gaan buite sit."

"Wat van die bees, gaan ons eers dip en dan by die kampe sit?"

"Ek wil hulle kyk, die mense het my die oorplaatjies se nommers gegee en ook die datum wat hulle gedek is, dan ook die kalfdatums. So hou ons die wat eerste moet kalf, by die naaste kampe. Kry vir ons die perde reg en dan kan ons die eerste trop klas en uitjaag waar hulle moet loop. Ek wil Maandag by BKB gaan aansluit, wil 'n weegskaal en pype koop. Hier is 'n goeie sweismasjien, ons kan ordentlike drukgange en krale bou."

"Morena ek wil nie by my beurt verby praat nie, maar ek het by my cellphone beter as mooi en ook 'n huil ding gehoor."

"Laat ek hoor Jim en moenie kommer, praat straight."

"Agnes se kleiner suster het geleer in East Londen, met die kitchen se dinge en hy werk vir mejuffrou Marba in haar huis. Party keer as daai vrou alleen in sy kamer is dan praat sy met haar se self en dan sy huil."

"Hoekom en ek het nie geweet daai heks is in staat tot trane nie?"

"Auk, sy huil oor sy kan nie 'n bybie kry nie."

Donald kyk na die berg, en dan na Jim.

"Nou verstaan ek Jim en dankie. Sy het so baie geld hoekom neem sy nie een aan nie?"

"Ek weet nie maar die ander ding wat ek wil weet, Setebele, was jy 'n big game hunter?"

"Ek het grootwild gejag, maar meer in die Suid Amerikas, hoekom en hoe weet jy dit?"

"Van die photos in haar album, dit was oop toe die kleiner suster daar kom. Daar was drie photos waar jy by 'n helse beer, ander soort luiperd en 'n moerse snaakse bok staan. Ook in haar Bybel is daar photos."

"Van my in die Bybel, nou wat de joos?" Vir homself vra hy sag, "Wat is fout, haat sy my so dat sy my wil dood bid?"

"Ook in sy kas se laai is groot een van jou, maar jy was jonk gewees."

"Nou hoekom krap die suster in haar kaste, is mos lelik?" Don voel die woede se naels oor sy stem rasper en weet hy sal sy tong moet beheer.

"Nee sy het gewys en ook baie gehuil en vir die klein suster gesê sy weet nie hoekom sy so lelik was met jou nie, net daardie tyd het sy gesê die man wat weg is."'

"Hmm." Gelukkig voor hy kan praat kom Mieta by die deur uit, haar gesig stralend.

"Kom, ons kindjie soek jou, Donnie." Hy vlieg op en volg haar.

"Is sy okay en het sy gepraat?"

"Kom!" sy loop stadig in die kamer en hy ook. Klein Rosamund sit op die bed, haar hare netjies gekam en sy lyk pragtig, al verdrink sy in die ou T-hemp.

Sy glimlag opgewonde, steek haar armpies uit en oor die mondjie bars die kreet "Vatti." Vader in Duits. Haastig raap hy haar op, sy gooi haar arms om sy nek en Donald se oë brand skielik.

"Bring haar sodat ons die magie kan vol kry en ek dink jy moet vir Agnes geld of die bank se kaart gee, Donnie."

"Hoekom?" Agnes plaas 'n dik kussing op die kombuisstoel, hy sorg dat sy gemaklik is en Mieta sit haar pap en melk voor haar neer.

Voor sy die lepel kan gryp, vat hy haar handjie vas, sy loer verbaas, sien dat almal se oë toe is en sy knyp hare styf toe. Na die gebed vat hy die lepel uit haar handjie en stadig voer hy, wat vir haar moet vreemd wees, haar pap. Dat sy dit geniet, is duidelik aan die spoed wat die in die mondjie verdwyn, hy gee die lepel terug en sy eet lustig voort. "Hoekom die geld, Mieta?"

"Want Agnes moet saam Jan ry en klere by PEP kry, dit sal moet doen totdat ons in Oos-Londen kan kom en sy self kan kies."

"Is reg ek het genoeg kontant, julle moet sommer 'n lysie vir kos en so aan maak."

Sy selfoon lui skril, hy kyk op die skerm en antwoord. "Amigo leef jy nog?"

"Is jy wat nie antwoord nie, ek het my vrek gebel. Alles reg by jou?"

"Jip maar ek moet jou sien en dit is redelik dringend. Werk jy vandag?" Donald streel Rosamund se haartjies en loop na buite.

"Ja, maar ek kan so teen middag draai of is dit amptelik?"

"Nee is privaat. Ek nogal nuuskierig wat gebeur en gesê is nadat ek weg is."

"Kan ek nou vinnig vertel, of is jy tussen die beeste?"

"Jy kan praat, ek is nogal nuuskierig wat Brenda te sê het." Hy hoor Fred hoes en hard sluk, dan weet hy sommer. "Ek kan aan jou stem hoor en ek vermoed ek moet nie haar naam noem nie?"

"Is beter so my vriend, wat gebeur het weet ek nie. Alles was nog okay, toe praat sy met Dawn en toe sy terugkom is die hel los. Jammer Don."

"Nie kop verplooid nie, solank alles tussen julle twee reg is, dan is dit goed."

"Nee, ek het die trekpas gekry en ook van haar ouers, maar dit is okay, hierdie polisieman se vel word dik."

"Helvel, eks jammer my vriend."

"Nie jou skuld nie, ek verneem dit gaan nie so goed met ou Pappes nie, lyk my hulle gaan hom oorplaas Frere hospitaal toe."

"Jy weet wat, eks spyt ek het hom getik."

"Wat! Hy het begin en kon dit nie vat nie."

"Jy verstaan my verkeerd, ek is spyt ek het hom nie met die regter gemoer nie, dan het hulle hom geplant. Permanent."

Pieterse lag en verstik. "Jy's wragtig reg. Ek praat nou weer, hoor dokter Dawn is op pad kantoor toe. Is jy heeldag by die huis? Sy het grond net oorkant jou en ek wonder of daar nie weer diefstal was nie. Baai."

Hy sit die selfoon in sy linker bo-sak, stap in die kombuis en frons as dit net Agnes is.

"Mieta gaan die kind ander klere soek en speelgoed ook, Setebele, ek het 'n lysie en weet wat om te koop."

"Ek gaan haal, kom kry die geld, hou jou lysie reg dat ek kan bysit." Tien minute later kyk hy hoe die Mahindra in die boomlaning verdwyn en draai na Jim. "Wil jy nie vir my daai swart hings opsaal nie, wees net versigtig Jim."

"Sjee Setebele, daai perd is gevaar, ek sal hom uitbring maar notte donner saal ek hom op, sal eerder wilde leeu opsaal." Hy grynslag skaam as Don hardop lag.

"Dit is reg, ek sal hom kry, wees net hier en vertel die kaptein ek het na die pad se kamp gery, hoor dit grens aan die dokter se plaas. Ek sal hom sien as hy in die pad afry, jy moet jeep vat as hier moeilikheid met ons kindjie is."

Bismark speel ongeduldig onder die saal en Don moet sy sit ken, dit is waarom hy die hings so goedkoop gekry het, want niemand kon hom ry nie. Skaars 'n kilometer van die huis af, byt die hings stang vas, skop agterop, en as dit nie help om die ruiter uit die saal te lig nie., hardloop en bokspring die hings langs die draad. Wanneer Don sy been oor die saal lig, is die broek reeds flenters geskeur. Die perd probeer Don se linkerbeen byt, maar kry 'n klap teen die kop, wat hom runnikende in die rondte laat tol en dan gaan lê die hings langs die draad. Rustig sper Don sy bene, haal sy pyp uit, sit rustig en rook en gee die hings kans totdat sy pyp leeg is, klop hom liggies teen die nek. "Kom pêre, kom nou." Sy stem is rustig en byna onmiddellik staan die perd op en begin op 'n gemaklike stappie langs die draad beweeg. Bismark reageer op elke bevel of beweging van die toom en Don weet hy het 'n perd met vuur.

Nog voor hy die voertuig op die gruispad kan hoor aankom, roer die hings sy ore onrustig, hy trek die teuels stywer vas as die voertuig langs hom tot stilstand sleep. Maar hou die perd se kop dop, as die voertuig se deur oopgaan en dan praat sy by die draad. "Bismark onder die saal en jy nog bo op. As ek dit nie gesien het nie, dan het ek dit nie geglo nie. Hello Don."

Hy klim af, hou die teuels in sy linkerhand en stap tot teen die draad. "Hello Dawn, na gisteraand is nie seker wie my wil ken, beledig of haat nie."

Sy glimlag, steek haar hand uit, maar ruk dit dadelik terug. "Skuus ek wou aan die perd vat, maar bang hy skrik. Hoekom sal ek vir jou kwaad wees, Don? Weet jy wat gebeur het nadat jy daar uitgeloop het?"

"Nee ek weet nie. Gee jou hand dan sit ek dit sodat ou Bissie jou reuk kan kry en van reuk gepraat jy ruik ongelooflik lekker. Mag ek 'n kans vat oor die parfuum wat jy aanhet?"

Sy glimlag. Haar hand is slank, satynfyn onder syne en die hings se sagte lippe soen haar palm. Sy glimlag genotvol, streel die neusvleuels en dan die kant van die hings se kop. "Ek wag vir jou raaiskoot."

Hy bring sy kop nader, ruik diep en glimlag liggies. "Kan verkeerd wees, maar ruik soos Obsession van Calvin Klein?"

Dawn se oë rek, haar mond val effe oop en die verbasing straal uit haar stem. "Hoe..hoe weet jy dit? Is ....het ... jy?" Sy bloos hewig, en hy lag.

"Ek het 'n ruk terug hulle firma se indunas op die Amazone rivier vergesel, of gelei. Ek moes die reuke goedkeur of versuip, soms gehoop die piranhas vreet my op."

"Ek sal dit glo, jammer oor my simpel vrae. Wil jy weet wat gebeur het nadat jy daar uit is?"

"As jy wil." Hy hou steeds haar hand vas en kyk haar vas in die oë.

"Daar was 'n hewige reaksie en mense het hardop gepraat en die stemme was opgewonde. In kort tien minute na jy daar weg is, het meer as driekwart van die gaste ook vertrek. Marba se eie groot vriende het ook geloop en daar was omtrent marakkas."

Hy haal sy skouers op. "Is haar saak en die Zeemans. Terloops hoe gaan dit met ou Pappes?"

"Hy is oorgeplaas na Oos Londen toe, dalk het hulle nie vertroue in Queenstown se hospitaal nie. Maar ek's bly hy is uit my hande. Snaaks hy was nie in die eerste plek Frere toe gevat nie."

"Dis lekker as jy te veel geld het nè. Wat maak jy hier Dawn, siekte, of kom jy my soek?"

"Is jy 'n siener, ek het na my plaas kom kyk want die beeste word môre of so onttrek, ou Zeeman het die kontrak nietig verklaar."

"Net so, wat van eers as kontrak verby is?"

45

"Was eintlik geen kontrak nie, ek het die plasie by hom gekoop met die voorwaarde as ek nie genoeg bees of skaap op het nie, kan hy die surplus verniet benut."

"Goeie ooreenkoms veral in die brandgevaar oogpunt beskou. Maar het jy nie genoeg vee nie, gaan jy adverteer, of in die koerant?"

"Nee wat ek sal maar so aankoop soos ek kan, vertrou nie die welgestelde boer hier nie."

"Oeps hoe bly is ek dat ek arm is."

"Sies nou laat jy my sleg voel, ek het nie geskimp nie."

"Ek weet. Waarheen is jy nou op pad?"

"Ek het die dag afgevat, ek en my vennote maak so, tenminste twee keer 'n maand. Hoekom vra jy?"

"Ek het iets gedoen, gisteraand, en ek weet dit is onwettig, wel soort van, maar ek beskou dit as menslik. Sal jy huis toe kan kom asseblief, ek vat kortpad deur die veld?"

"Kry jou daar en ry jy versigtig, daardie swart perd is 'n duiwel."

Hy stap van die stalle af huis toe as haar Fortuner onder die bome intrek. "Kan ons op die stoep sit en praat, ek sien my mense is terug van die dorp af. Tee, koffie, koeldrank of 'n voggie?"

"Dalk te vroeg vir laaste, wat gaan jy vat?"

"Ek gaan 'n koffie stamp."

"Dan stamp ek saam," giggel sy en kyk na die rotstuin.

"Hoe?"

"Swart en een lepel suiker asseblief."

Tien minute later gee hy haar 'n geel beker sommer so in die hand aan.

"Skuus, hou nie van koppies of skinkborde nie."

"Lekker, dankie, en wat wil jy weet of my vertel?"

"Goed, maar asseblief, laat ek klaarmaak voor jy praat."

"Reg so, klink ernstig."

"Dit het begin toe ek verkeerd gery het." Hy vertel haar presies hoe hy Rosamund gevind het. "Dink jy ek het verkeerd gemaak?" Hy draai na haar en skrik, onder haar donkerbril biggel twee rye trane en drup op haar bloes.

"Nee! Jy het nie verkeerd opgetree nie. Waar is sy asseblief?" Hy bied sy sakdoek aan, as sy klaar is vat hy haar regterhand en stap na die speelkamer.

Rosamund kyk op waar sy met 'n nuwe pop speel, sy het 'n pienk broekie, blommetjies hempie aan en wit tekkies. Haar gesiggie verhelder soos 'n gloeilamp, laat val die pop en storm op Donald af "Vatti!" en spring letterlik in sy arms.

Langs hom snik Dawn en as Rosamund haar armpies uithou, huil sy hard.

Hoofstuk 5

Met 'n stralende gesig vat Dawn vir Rosamund by Donald, onmiddellik koer en klets sy soos 'n moederhen, Donald draai om, loop kombuis toe. Grawe in die vrieskas, haal stuk boerewors uit, tap water in 'n bak en plaas die wors daarin. Kyk in die koskas, haal die 5 liter roomysbak met mieliemeel daarin, uit en sit dit saam met pappot op die tafel.

"Pap en wors morena Setebele?" Agnes staan in die deur met 'n skinkbord en haar een hand.

"Ek is lus daarvoor Agnes, maar wag eers ek wil die kaptein bel en hoor of hy uitkom ?" hy haal sy selfoon uit, sien daar is 'n sestal oproepe van Fred en bel hom.

"Amigo jy okay?"

"Heng man ek dog jy't gevlug. Is jy by die huis en hoe lank?"

"Jammer, ek was met die perd beeste toe, jy weet hoe sleg die sein in die berg is. Kom jy pap en wors eet?"

"Ja, maar eks nie alleen nie, is dit reg?"

"Natuurlik, maar nie gedink Brenda sal my ooit weer wil sien nie."

"Brenda, wie is dit? Nee is iemand anders, wag en sien. Wat moet ek saambring en dalk jou kry? O terloops kan jy onthou van die aansoek om lidmaatskap by die Ko-op?"

"Ja, wat seg hulle?"

"Afgewys en dit het ek verwag. Maar jy kan kontant koop en Stutterheim of Queenstown is nie so ver nie."

"Ef hulle, sal regkom en niks nodig behalwe dalk Simba Chips, sout en asyn, vir my asseblief."

"Sien jou nou-nou."

Donald sit die selfoon neer. "Agnes wil hoor by dokter dan sal ek jou sê en die kaptein bring 'n ander gas saam." Hy loop die gang af, steek in die kamerdeur vas as hy sien Dawn is besig om Rosamund te ondersoek en dit is presies wat hy haar wou vra om te doen.

Hy hoor haar tekkies op die plankvloer fluitgly, staan op en glimlag breed as sy binnekom met Rosamund op haar rug. Voor hy iets kan sê of vra weerklink haar vrolike stemmetjie. "Vatti." Maar sy bly op Dawn se rug sit. Totdat dié haar op die gekussingde stoel neersit.

Hy vryf die goue haartjies en sy gryp sy hand en druk dit teen haar wang vas. Dawn gaan sit "Kyk daar sy het jou klaar as 'n pa aangeneem, 'n kind kan opregtheid aanvoel en herken. Vroue soms ook." Giggel sy en onnodig skuif sy die suikerpotjie rond.

"Wat van dokters, kan hulle ook aanvoel ?" Sy stem is spottend maar sy gesig nie.

"Veral hulle, maar jy wil seker hoor van jou nuwe dogtertjie? Wel sy is uitgehongerd, die ou klein lyfie is vol pers kolle en verder is sy piekfyn. Haar gehoor kan op 'n later ouderdom deur 'n spesialis gedoen word.

Verder is haar gesondheid wonderbaarlik goed en sy het nou wat sy nooit voorheen gehad het en so nodig het."

"Heng ek is so bly Dawn, ja sy het 'n bed, ordentlike kos en veiligheid nodig. Baie dankie meisiekind."

"Ek praat nie van daai materiële dinge nie, Don."

"Van wat dan?"

"Liefde, teerheid en opregtheid."

"Liefde! Sjee ek weet nie of ek in staat is tot dit nie, Dawn. Maar ek weet die optelkind het my hart verower."

"Optelkind, dit klink rou en nie mooi nie, maar dit is tog die waarheid. Ashoop is baie erger en dit maak selfs nou seer. Wat gaan jy maak, Don?"

"Ek wag vir Fred en 'n ander meisiekind en dan gaan ons pap en wors eet, jy kan nie nou wil ry nie, jy's ons eregas."

"Dankie, dit klink lekker. Maar ek bedoel met haar?"

"Ek weet nie wat die polisie of die wet gaan maak nie, maar sy bly net hier en ek gaan alles wat ek het in die stryd werp om haar hier te hou."

"Ek staan vierkantig agter jou en ek ken net die persoon wat baie kan help. Sy is 'n top prokureur, pas hier begin en sy laat die manne bontstaan."

"Dankie ek waardeer dat jy aan my kant is, baie dankie en ek wil uitgaan buite. Sien nou Jim het die ou buiteband gebring, ek wil vir haar 'n swaai onder die populierboom bou."

"Ek beter saamkom moet seker maak dat dit veilig is. Ek wil kyk of sy nie bietjie melk wil drink nie, sy was so ontwater gewees en ek het haar gespuit, maar ek wil nogtans geen kanse waag nie."

"Dankie Dawn, sal jy my asseblief laat roep as Fred hier aankom?"

"Ek maak so, en moet ek saam wees as jy met hom praat?"

"Ek sal dit waar... Ek dink hier hou hy stil. Ek gaan uit, sal jy dat Mieta eers vir Rosamund laat oppas. Kom asseblief na buite ons gaan op die stoep sit."

Hy kry Fred net by die hekkie, die dame agter hom het 'n slenterbroek, geruite manshemp en stewels aan, sy het lang bruin hare, haar oë ook sy en is mooi.

"Hey jy. Don dit is Anneline Potgieter en dié weet jy wie hy is."

"Aangename kennis Anneline en welkom op Macs Rest, hoop die speurder het hom gedra en nie te veel geskinder nie."

"Kennis Don, ek moet sê jy lyk meer mensliker as wat ek vermoed het." lag sy en gee hand.

"Gaan ons op die stoep sit, ek sal iets koel of warm kry?"

"Ek sal reken Fred gaan 'n bier vat en so sal ek. Dit is heerlik op die stoep."

"Ek kry solank ..." Hy steek vas as Dawn met 'n skinkbord uitkom.

"Vier biere, ek ken my maats."

"Dawn, goed om jou hier te sien en ek is bly om jou bietjie uit die spreekkamer te kry."

"Hel vat jy nie 'n kans om alleen met die kryger te wees nie, Dok?" Fred vat twee biere en gee een aan Anneline.

"Hy is te bang vir vroue. Maar onthou jy Don, van die vrou wat ek gesê het jou kan help, dit is Anneline en sy is 'n bullterrier."

"Dan is ek bly, ek wil met julle praat en asseblief vra as ek klaar is. Dit het begin na die verkeerde pad ... daar's dit."

Die stilte duur 'n ruk voort, dan staan Fred op. "Kan ek ... ons, haar sien?"

"Kom, volg my." Dawn staan op en kyk na Fred. "Sal jou by die swaai kry."

Hy draai die laaste bout vas, kom regop en swaai die motorband. "Hoe lyk dit banna?"

"Hys te mooi, sy gaan hom kwaai like."

"Mooi en goed sterk Setebele. Hier is die man en agent ook." Jan vat die gereedskap en hy en Jim loop stoor toe.

"Moer." Fred steek sy hand uit en klem die van Donald "Ek het baie respek vir jou gehad my vriend, maar nou is dit hemelhoog. Ek sal saam jou veg, maar Rosamund sal by jou bly."

"Ek gaan iets doen wat ek nooit die eerste keer doen nie, Don. Maar ek gaan jou 'n ... moerse drukkie gee en aansluit by Fred. Ek sal my arms stomp af baklei en met Dawn aan ons kant sal sy hier by haar Vatti bly. Vat so my nuwe vriend." Nie alleen druk sy hom nie, maar gee hom 'n klapsoen op die mond.

"Dankie julle ek waardeer dit." Don vat die swaai in sy linkerhand, kyk na die Amatole berge en sy stem is sag, maar vol emosie. "Julle weet in die lig van my flitsie, was sy so weerloos, broos en stukkend-eensaam. Haar hele wese het die hart uit my gepluk, sy was so ongelooflik klein en stil, net na haar ore gewys maar die blou oë was onbevrees en vol vertroue, ek kon nie anders nie."

"Ons gaan eers doodstil bly, ek sal met 'n omweg 'n nie-amptelike speurtog onderneem, sodat ons kan vasstel wat haar omstandighede is en so aan. Maar, my vriend, jy is reg, wat sal van haar word? Die skreefoë en die Nigeriërs sal haar insuig, sy sal gebreek en vernietig word."

"Ek sal sorg dat sy medies gesond is, ek gaan voor ek ry 'n bloedsmeer vat, net as voorsorg mens weet nooit."

"Baie dankie julle, kan ek wors in die pan bak en dan pap maak?"

"Maak jy en Fred eerder seker dat ons genoeg het om te drink, ons sal dit doen. Maar ek het gedink julle sal wil braai?"

"Ek is effens honger maar het 'n Karoo-skaaprib, gedink ons kan laat middag by die waterval gaan braai. Stem julle?"

"Dit kan net lekker wees, maar ek het nie regtig klere saamgebring nie."

"Ek ook nie, kan ons nie dalk inry dorp toe en iets saambring nie? Ons kan sommer met my kar ry?"

"Goed maak so, as jy nie omgee wil ek net hoor wat het ons nodig."

"Dis reg, ek dink ons maar vroeg kloof toe gaan, ek werk môre weer en julle weet mos hoe dit gaan."

"Nou goed dames, mooi ry asseblief." Hy maak die Fortuner se deur vir Dawn oop, voor sy haar linkerbeen inswaai loer sy vinnig, vraend na hom, hy buig stadig oor, as sy haar mond lig, soen hy haar sagte lippe. Sy trek nie weg nie en sy lippe is fermer op hare. "Heng, dokkie ek dink jy moet of bly of ry."

"Ek dink ook so." Haastig klim sy in en waai eenkeer voordat die boomlaning die voertuig insluk.

Hulle loop stadig terug huis toe. "Wat het regtig gebeur nadat ek daar weg is en wat het met Brenda gebeur?"

"Kom ons kap 'n dop, ek gaan jou vertel. Marba se besigheid het 'n knou weg, wel voorlopig dit sal weer optel. Maar ek het dit vermoed, net nadat ons hier was. Brenda het dit verloor toe sy jou gesig sien en optrede dit bewys het."

"Wat gewys?"

"Ek dink Brenda het verlief op jou geraak, maar Marba het haar drome gekelder."

"Waarvan praat jy my maat?"

"Enige blerrie fool kon sien dat julle twee verlief op mekaar is en nie een sal dit erken nie."

"My maat is jy gesuie, daai vrou het my verneder, nou vir die tweede keer en dit sal die laaste keer wees."

"Ons los dit eers hier, praat ander dag weer en dan vra jy my om verskoning. Maar nou eers kleinding se saak en gaan ons dat Anneline die leiding neem, sy ken van. Ander ding is wat gaan jy met Dawn maak, sy weet ook dat jy en Marba lief is vir mekaar?"

"Ek kan nie iets sê as ek nie eers weet of daar 'n iets is nie. As Dawn weet van my verliefdheid, wat soek sy dan hier?"

"Dalk hoop sy dit werk nie uit nie en dan, krummels versadig ook. Kom ons maak reg vir die poel, of hoe sê jy, kloof toe gaan."

"Wat vat ons my maat, die Mahindra?"

"Nee ons vat die die trêppie en kortpad, wat seg jy?"

"Nog nooit in 'n perdekar of so iets gery nie en dit sal lekker wees."

"Nou kom platpoot dat die oom jou leer om 'n perd in te span Mieta-hulle het reeds die tamatie toebroodjies gemaak."

"Wat gaan jy maak, kleinding saamvat?"

"My vriend as ek hier beweeg gaan sy by wees, behalwe waar dit gevaarlik is en natuurlik in die badkamer"

"Ek verstaan, ek sal dieselfde voel en optree, kom ons loop, ek hoor die Fortuner se diesel brom."

"Kom julle rondlopers, laat ons pak en waai. Dawn sal jy laat Mieta als regkry, ons gaan haal solank die trêppie."

"Dit klink wonderlik en romanties maar gaan ons almal in kom?"

"Natuurlik ons is vier en 'n vierde."

"Kyk net hoe straal haar gesiggie toe sy die waterval sien."

"Heng Dawn, haar gesig het nog nie opgehou straal vandat sy in die perdekar geklim het nie."

"Aai Fred hou my vas asseblief, soveel skoonheid en dit alles in twee paar bikinis, dit is ongelooflik kosbaar."

"Siesa, ek is is al oud en vol plooie." Dawn bloos en probeer agter 'n boom skuil, maar Donald kom dreigend op haar afgestap.

"Vatti!" dit ruk hom tot stilstand, hy knipoog vir die blosende Dawn en met sy kop wink hy haar nader.

"Wat is dit lappop?" hy hurk by haar, sy vat hom om die nek en fluister. "Wasser?" hy weet dit beteken water, vat haar regterhand en loer na Dawn. "Vat haar ander hand en dan gaan ons daar by die vlakkant in."
"Kom julle agterosse, ons is amper droog gewag."
"Ons moet stadig want tussen ons is 'n koninklike lappop."
"Hoekom lappop, dit klink so verwaarloos?" Op Anneline se gesig is daar 'n verwonderde frons.
"Oeps, watter meisiekind kan nie tannie Doris Brasch se lappop-liedjie onthou nie?"
"Ek kan en ek is nie eers 'n meisiekind nie." Fred se woorde veroorsaak dat Anneline hom aan die oor beetkry.
"Eina djou honor ek sallie weer nie."
"Beskuldigde ek watch, en Don, jy staan verniet soos 'n onskuldige getuie, ek kla jou nou aan."
"Die aanklag, djou honor?"
"Dat jy 'n wonderlike man en gasheer is. Ter versagting gee bietjie die lappop-prinses aan dat ek en die eerste beskuldigde met haar kan speel."
"Ek pleit skuldig en betaal onmiddellik." Hy maak so en draai na Dawn toe. "Dit gee my en my mediese medepligtige die kans om te doen wat sy heeldag dreig om te doen."
Dawn loer agterdogtig, eers na hom en dan na Anneline. "En wat was dit?"
"Jy so gou vergeet?" sy gesig is ene onskuld en verbasing.
"Ja ek het."
"Jy het my 'n paar keer gevra wanneer gaan ek jou ... ons, bietjie vry, en nou is dit jou kans."

"Oee! Jy kan jok en nie eers bloos nie." Onder die gelag bloos sy, maar bly grootoog stil as Donald se mond op hare sluit. Vir 'n paar oomblikke spartel sy flouweg, dan sluit haar arms om sy nek, haar welgevormde liggaam sluit styf teen syne vas en die son verduister.

"Gaan ons nog braai?" Dit is Fred se stem wat hulle tot die hede ruk en meedoënloos gaan Anneline verder.

"Fred bedoel, nog in die volgende paar dae?"

"Sies vir julle, was net 'n minuut of so." Dawn verkleur, sy wil uit die omhelsing uit breek, maar Don hou haar stywer vas, sy gesig pleitend en dan verstaan sy, voel sy sy ontsteltenis teen haar beur.

"Toemaar julle is net jaloers."

"Ja, maar iemand moet na die lappop kyk en sy slaap te lekker, dink die water het haar moeg gemaak." Anneline wys langs die rotse, in die koelte lê sy rustig en slaap op 'n klomp handdoeke en komberse.

"Skuus, ek kom." Haastig gaan staan Don onder die waterval, voel hoe die koue hom laat ontspan, hy kyk na sy broek en draai om. "Ek gaan nou aansteek." Hy vat Dawn se hand en stap na die kant.

"Die kole is lankal reg, sit net die vleis op. Die rooster is skoon en warm."

"Sjee, julle was haastig."

"Nee, julle was stadig om op te hou."

"O, kom ek help jou Don, want hulle is jaloers."

"Dankie, Dawn, kom ek gaan kyk net die kole."

"Ek sien dit is varktjoppies wat Mieta uitgehaal het, hoop julle eet van die regerende par ... uh .... uh, se vleis?"

"Bly jy stel dit so uh-erig as jy harder gepraat het kon jy dalk getralie word en wie is die mense?" Fred wys na so ent terug waar 'n tweetal mans in swarterige klere om 'n assegaaibos nader sukkel.

"Ek het hulle gesien, gedink is dalk jou manne?

"Wag, ek wil agter die rots staan, dit is van ou Zeeman se regsmense en ek wil hulle verras." Anneline verdwyn en Fred gaan sit so dat hy die slapende Rosamund probeer verberg, maar haastig gaan sit Dawn langs hom.

Blasend kom die manne tot stilstand, die oënskynlike bravade verdwyn as hulle Dawn en Fred sien. "Middag dokter en kaptein, jammer om te pla maar ek is net hier om 'n dokument aan Spies te oorhandig."

"Hey suurkoppie, wie is jou Spies en wie de hel gee jou die reg om my plaas sonder toestemming te betree?"

"Ek het hier 'n dokument wat jou dwing om die hek na die fontein so te laat dat andere dit kan gebruik, en nie te sluit nie."

"Pienk gesiggie, en vir daardie stront kom betree jy my eiendom? Fred, bel jou manne en arresteer die twee swernote vir betreding."

"Natuurlik, ek bel." Hy haal sy selfoon uit, druk 'n knoppie, praat hard en duidelik. "Nqunqu, is kaptein Pieterse, stuur vir my 'n voertuig uit, hier is twee betreders op die plaas wat nou Macs Rest is."

"Wag Fred, jy weet ek is 'n prokureur en ek kan dinge baie moeilik maak vir jou en die Spies."

"Rose jy en jou junior Friar, het geen reg hier nie. Julle weet ek hanteer sulke aangeleenthede en daar is geen wetlike beswaar omdat meneer Spies die hek aangebring en gesluit hou nie." Die twee manne verbleek as Anneline om die rots kom en voor hulle staan.

"Anneline ons nie geweet julle is hier nie. Verskoon ons meneer Spies dit was 'n groot fout."

"Wag knopkop, wie sit agter die ding, en praat gou?"

"Nee is 'n opdrag van die senior meneer Gruber."

"Wel dit is dan so, laat hulle kom kaptein en ons sal almal beëdigde verklarings aflê."

"Nee asseblief Anneline, ek sal praat. Dit was meneer Zeeman en sy dogter Brenda, wat ons chief die papier laat kry het."

"Was dit voor landdros Griebbe?"

"Ek dink een van die klerke het dit gedoen en gestempel. Asseblief, ons het net ons werk gedoen, jy verstaan dit tog mejuffrou Potgieter."

"Al wat ek verstaan is dat julle en Gruber in diep stront is. Julle kan miskien wegkom met 'n waarskuwing, as julle teen Gruber gaan getuig?'"

"Asseblief mejuffrou en meneer Spies ons sal dit doen."

"Asseblief ek het pas klaar gemaak met my studies, artikuleer nou en ek my ouers het bitterlik swaar gekry om my studies te betaal. Ek sal enige ding doen."

"Nou goed Tom en jy Peter, as die polisie hier kom dan lê julle verklarings af en vertel alles."

"As julle aangekla word sal ek sorg dat dit nie op julle rekord kom nie en julle kan by my praktyk aansluit."

"Gaan jy nuwe praktyk begin, Anneline .... mejuffrou Potgieter?"

"Wou al lankal wegbreek maar daar was nie die regte geleentheid nie."

"Ek sal ook doen wat ek kan maar daar is iets wat ek moet weet?"

"Praat meneer Spies."

"Was Marba Silver betrokke by die saak?"

"Nee hulle het haar ingeroep maar sy het geweier en hulle gewaarsku om dit te laat staan. Dink dat Zeeman wat jy gefoeter het, is die groot opstoker." Hy bly stil as Rosamund regop sit, haar ogies vryf en verward rondkyk, sy sien vir Donald, storm na hom toe.

"Vatti!" Hy tel die warm lyfie op, sy slaan haar armpies om hom en sy kop wandel tussen die sterre.

"Ek dink ek sal braai, maar eers hoor hoe ver die manne is, dan kan hulle direk huis toe gaan en ons daar kry." Hy vat sy sel en stap hoër teen die berg op. "Ek wil privaat praat," laat hy val en stap nog verder weg.

"Kom dat ek die varkie die vuurdans laat doen. Kan jy my met jou deskundige oog behulpsaam wees, Dawn?"

"Meneer Spies ek sal braai as jy wil, moes altyd op my pa se plaas en op Varsity braai."

"Nou goed Tom, maar dit is vark en moet heel gaar wees, asseblief." Rosamund trek hom liggies aan sy baard en wys met haar vingertjie na bo. "Wil jy opgaan my prinses?" Hy wys ook na boontoe en sy knik haar koppie geesdriftig. "Nou kom dan gaan wys ek jou daar waar die aasvoëls dans." Hy swaai haar oor sy nek en loer na Dawn. "Wil jy saam loop meisiekind?"

"Graag, maar nie nou nie, ek dink dit is tyd dat julle twee bietjie privaat is. Soos die Engelsman sê julle moet bond, en nou is die ideale tyd."

"Jy is so reg en baie dankie." Hy raak haar saggies aan die wang en begin die smal paadjie tydsaam uit te loop, met die kind stewig op sy skouers. Hy gaan sit op 'n krans, laat sy bene afhang en tel haar versigtig op sy linkerbeen.

Met sy vinger en sagte stem wys hy haar die dassies wat nog hoër op vir hulle loer. Hy buig af en praat in haar linkeroor, wetend dat sy niks sal kan hoor of verstaan nie. "Kyk daar hoog bo, daar sweef-soek 'n arend, net soos jy my prinses van die berge is, so is hy die prins van die wolke se berge. Kyk daar teen daardie hoë rots hoe klou die varings vas, daar waar geen mens of dier kan beweeg nie, daar maak daardie varing hom tuis." Versigtig vat sy haar linker handjie, vee saggies oor sy baard en dan oor sy lippe.

Haar lippe roer saggies, duidelik wil sy praat en hy bring sy oor tot teen haar mond. "Vatti ich liebe dich." Vader ek is lief vir jou.

Donald laat sy kop sak en praat in haar oor. "Danke. Ich liebe du. Meine schatz." Of sy kan hoor maak nie saak nie, hy het dit gesê en dit kom uit sy hart. "Hoe is dit moontlik dat so verwaarloosde, klein vondeling my hart net so kan steel?" maar die berg, sy plante, sy diere en sy veermensies is stil.

"Die kos is reg my maat en ons moet na ete ry en die dinge laat roer.

"Die kos was heerlik, dankie. Maar julle twee sal moet langs die trêppie loop of kort pad vat. Terloops, waar het julle stilgehou?" Tom Rose wys in die windpomp se rigting en Donald knik sy kop. "Sny maar reg deur en wag vir ons, die tweespoorpad loop effens met 'n draai."

Dit is net na 19:20 as die laaste voertuig die plaas verlaat en Fred kyk na Anneline. "Gaan ons ry, of wat?"

"Ek dink ons sal moet, maar eks effens bang. Mens weet nooit wat sal daardie Zeemans en Gruber aanvang nie."

"Ek het ook so gedink, dink ek moet saam met julle ry en later omdraai."

"Dankie, maar ek dink Rosamund moet eet en in die bed spring. Ons gaan julle twee alleen los. Is dit reg Don en ek dink jy moet paraat wees."

Spies lag.

"Is nie Chicago nie of die Wilde Weste nie, maar ek sal reg wees. Kom, terwyl ou Mieta Rosamund bad, stap ek saam."

"Dankie vir alles Don." Anneline soen hom, klim in die Mercedes Kompressor, Fred gee hand en sekondes later snork die voertuig weg.

"Baie dankie meisie, daar nou nie veel van jou trip plaas toe gebeur nie en jy moet laat weet as jy nog wil verhuur?"

"Ek sal moet..." Sy aarsel effens en leun teen die Fortuner se regterdeur. "Dalk moet ons praat, miskien kan ek ook bees koop en dan kan ons die plaas saam benut?"

"Klink baie goed vir my en dan huur ek die helfte by jou."

"Nee ek gedink jy sorg vir die bees, koop medisyne en indien nodig ander goed as deel van jou huur?"

"Klink baie goed, as jy kans kry dan praat ons kontrak daar by Anneline."

"Is reg, baie dankie vir alles Dawn en pas jouself mooi op." Hy kom vorentoe en soen haar, eers sag en as haar lippe oopmaak terg sy tong hare liggies. Dawn druk styf teen hom en weer voel sy, sy ontwaking teen haar druk.

Sy prewel teen sy mond. "Asseblief Don, ons moet dit stadiger vat, ons ken mekaar slegs twee dae en ek wil nie goedkoop voel of klink nie."

"Jy kan nooit in jou lewe goedkoop wees nie, Dawn. Jy is hopeloos te veel van 'n dame. Maar ek verstaan. Kom klim in, ry versigtig en laat weet my as jy daar is."

Hy maak die deur oop, daar is 'n flits, haar liggaam spat weg en dan eers is daar die slag van 'n geweerskoot."

"Nee! Nee nie dit nie."

Hoofstuk 6

Vir 'n fraks van 'n hartklop staan Donald versteend, dan duik hy af, skraap Dawn se liggaam op en rol agter die Fortuner in. Daar is 'n klap teen die deur en weer kerm 'n geweerskoot in die aand se stilte. In sy arms roer en spook Dawn, maar hy druk sy hand oor haar mond en fluister in haar oor. "Waar is jy getref en waar is dit seer? Lê net doodstil totdat dit veilig is."

Haar asem is warm op sy wang as sy fluister. "Nie seer nie, die deur het my weggeslinger en ek bewe steeds van die skok. Is dit geweerskote of wat?"

"Ja, eks so bly jy is ongedeerd, maar bly so lê totdat dit veilig is. Ek wil by die huis kom, moet jou ondersoek en kyk of alles met Rosamund reg is."

"Moenie my alleen los nie Don, ek is bang." Sy bewe nou erger, hy weet dat die skok nou intree en hy soen haar. Vir 'n paar tellings lê sy bewend, maar passief en dan gryp sy hom vas, haar tong honger-soekend in sy mond.

Stadig trek hy sy mond van hare af en praat dringend.

"Bly net so lê, ek gaan kyk na Rosamund en 'n wapen kry. Asseblief?"

"Wees net versigtig, en maak gou." 'n Vinnige soen en hy hardloop met swenkbewegings na die agterdeur.

As hy aan die deur vat daag Mieta se stem hom uit.

"Wies jy, en praat gou, of ek skiet met dubbelloop deur die deur!"

"Dit is ek Mieta, sit die lig af en maak die deur net effens oop en staan weg." Byna onmiddellik gaan die lig af, die deur se slot raas en gaan net op 'n skrefie oop.

"Wat is fout Setebele?"

"Is ons dogter okay?" Haastig stap hy kamer toe, loer in die speelkamer in en sien haar met rug na die oop deur sit. Agnes loer met groot, wit oë na hom, hy hou sy vinger voor sy mond en gaan sy slaapkamer binne en kry sy Astra .38 Special rewolwer, die .375 Winchester geweer en 'n stel gooimesse. Hy stap uit, beduie vir Agnes dat sy in die kamer moet bly en gebukkend beweeg hy waar Dawn steeds op haar ou plek sitleun.

Sy gryp hom bewend vas en haar lippe is bewend op syne. "Ek was so bang. Net toe jy die huis binnegaan het ou Jan hier buite gepraat en gesê ek hoef nie bang te wees nie, die mense het gery."

"Jan?"

"Setebele, alles reg hierso en daai skelms het gery. Maar miskien jy moet die dokter in die huis kry en dan kan ons gaan soek."

"Ek maak so, waar is Jim nou?"

"Buitekant onder die boom met die donderbek en hy ken van skiet."

"Goed, hoeveel patrone is daar vir die .303, en hoeveel het Jim?"

"Die magasyn is vol en sy broeksak ook."

"Ek wil hê Jim moet inkom. Ek en jy gaan spoorsny en ek het 'n vermoede ons gaan iets kry. Roep vir Jim, maar moenie die ligte aansit nie."

Tien minute later loop hy en Jan in die rigting van die grootpad. Daar is niks onder die drie dennebome langs die pad nie, maar met sy koplamp spoor hy op wat gehoop het. Vier sigaretstompies, en in die los sand, 'n duidelike skoenspoor.

"Jan, ek wil hê jy moet 'n stuk tak oor die spoor sit. Ek wil ligdag kom gips daarin gooi en afdruk maak. Die stompies vat ek nou saam, kom dat ons waai."

Jim reageer op sy klop aan die agterdeur, nadat hy seker is, dat hy die kombuisdeur oopmaak. "Als reg hier Setebele, die vroue wag in die speelkamer en ons se kind is saam die dokter in die groot slaapkamer."

"Dankie Jim, wat wil julle twee maak?"

"Ons sal beurte maak om te oppas die huis en sal praat as hier moeilikheid is." Jan stap die gang af en binne sekondes volg die vroue hom.

"Dankie julle. Het julle iets nodig?" Hulle antwoord ontkennend. Sekondes later sluit Donald die kombuisdeur en stap stadig kamer toe. Rosamund lê op haar rug, vas aan die slaap. Dawn sit op die bed, haar kop geboë en sy hou die kind se linkerhand vas. Sy lig haar kop op as hy om die bed stap, en glimlag. "Is jy reg en so aan?" hy praat sag en sy antwoord hom ook so.

"Ja sy slaap baie rustig. Het julle iets gekry?"

"Sal jou nou nou vertel, het jy iets om in te slaap?"

"Mieta het vir my een van jou kleinste T-hemde gegee, maar ek het eers gewag." Stadig los sy die kind se hand en staan op. "Iets gesien of gekry?" "Nee, klomp sigaretstompies en van 'n soort wat ek nie ken nie. Sal môre ligdag 'n afdruk maak van 'n skoenspoor en dit behoort te help." Hy vat haar hand en trek haar nader aan hom.

"Een skoenspoor, hoe sal dit help?"

"Baie, hy het 'n kunsvoet of been." Selfs in die dowwe lig van die kamer kan hy die skok oop haar gesig sien, hy vat haar onder die ken en sy oë brand in hare.

"Jy ken daardie persoon. So praat asseblief."

"Ek .... ekke ... ek weet ... nie. Ek kan nie dink dat die persoon wat ek ken wat 'n kunsledemaat het, hom skuldig sal maak aan so 'n daad nie." Sy voel haar wange warm word en kyk verleë af na die mat.

"Goed dan, julle twee moet lekker slaap, ek sal jou môre dorp toe begelei. Nag, slaap lekker." Hy draai om en voordat sy iets kan sê gaan die deur agter hom toe.

"Wag eers, ek sal jou sê."

Daar is geen antwoord en sy storm kombuis toe. Dit is leeg. Buitekant hoor sy 'n voertuig se enjin aanskakel, dan die gebrom van 'n dieselenjin en sekondes later dreun die voertuig in die rigting van die teerpad. Sy druk haar kop teen die kosyn vas en die trane is warm op haar wange . "Asseblief kom terug." Soos 'n ouvrou loop sy kamer toe, trek die T-hemp aan, klim in die bed en soek-voel na die klein handjie. Vir 'n paar oomblikke lê sy stil, en praat dan hardop. "Wat steur jy jou aan hom, hier is soveel ryk en beskaafde manne wat agter jou aanloop. Vergeet hom dokter Dawn Robertson." Sy sluit haar oë en huil saggies.

Hy sit by die tafel, as sy die kombuis instap. "Koffie?" sy gesigsuitdrukking passief as hy opkyk.

"Môre, en asseblief dankie."

"Hier, die water het pas gekook, daar is die melk en suiker. Slaap sy nog?"

"Sy het toe ek daar uit is, gaan gerus, dit is immers jou kamer."

"Dankie." Hy staan op en sy voel nog meer miserabel as gisteraand.

Dawn voel hoe die trane weer opstoot in haar keel en sluk haastig van die koffie. Sy hoor hom inkom maar kyk net voor haar. Hy sit Rosamund op die stoel neer, ignoreer haar totaal, skink koffie vir die dogtertjie wat hom met 'n stralende glimlag beloon. "Dit moes Gary Nolan wees." Bars sy uit, maar steek haar hand uit na Rosamund, wat dit onmiddellik vasgryp.

"Hoekom sê jy so en nou eers?"

"Want ek was bang, bang jy doen hom iets aan en ek was bang vir jou ook."

"Maar ek het jou net 'n vraag gevra, amper is jy hier vermoor en dan sou die mense my die skuld gegee het."

Sy laat haar kop skuldig sak en praat sag.

"Ek is jammer, jy was reg, ek het nie mooi opgetree nie. Sal ek vergewe word?"

Hy kyk haar 'n oomblik aan, staan op, stap om die tafel en soen haar, hard en deeglik op die mond.

Oorkant die tafel klap Rosamund op haar hande en maak vreemde geluide van blydskap.

Hy ry agter die Fortuner aan. By haar huis hou hy agter haar stil en klim uit. "Ek en Rosamund wag solank in jou pragtige tuin. Gaan maak klaar, jy wil seker spreekkamer toe gaan." Sy glimlag en stap deur die veiligheidshek.

'n Driekwartier later trek sy in haar gewone parkeer-plek, klim uit en met haar tas in die linkerhand kom groet sy hulle by sy jeep. "Baie dankie en mag ek julle nooi om een aand by my te kom eet asseblief?" Sy staan langs hom, haar regterhand op die deur, Rosamund klouter oor Donald se bene en hou haar rosige mondjie omhoog. Met 'n blye glimlag soen Dawn haar, trek haar gesig weg en soen Donald vinnig, maar die lig in die blou van sy oë dwing haar kop terug en hierdie is 'n meer as wat 'n ligtelike soen moet wees.

Haar wange verkleur en haastig, maar met 'n glimlag, tree sy terug en wag totdat die jeep om die draai verdwyn. Haar een vennoot, Jacky Rose, en drie personeellede sit in die kombuis met koffiebekers op die tafel.

"Môre Dawn."

"Môre dokter," eggo die res agterna en een sit haar gewone beker swart koffie voor haar neer.

"Môre, julle, en hoekom die swaar gesigsuit-drukkings?"

"Jy nie gehoor nie vennoot, Gary Nolan het gisteraand selfmoord gepleeg?"

"Nee! Hoekom, hy was mos al gewoond om met die prostese te beweeg?"

"Nugter weet, ek het altyd gedink hy het die hots vir jou. Moenie so bloos nie, Cathcart se hubare manne het en driekwart van die getroudes ook."

"Jy's verspot, maar hoekom het hy homself geskiet?"

"Hoe het jy geweet dat hy homself geskiet het, dokter?"

"Net geraai, hy was mos 'n ywerige skut en hoe het hy dit dan gedoen?"

Sy onderdruk die nare voorgevoel wat in haar opstoot en dink stilweg.

"Is dit jy Donald en waar was jy gisteraand?"

"Jy het reg geraai, maar nogal met sy haelgeweer ook. Daar was 'n brief gewees."

"Brief?"

"Ja ek het net vaagweg by majoor Madliki gehoor dat hy om verskoning vra oor die kind en dat hy dit nie kon doen nie."

"Wat doen en watter kind?"

Dawn vermy die ander se gesigte en speel met haar koffiebeker, maar haar gedagtes spoed soos 'n weghol-lokomotief.

"Rosamund."

"Ja maar hy of ander lede verstaan dit nie, is in Duits geskryf en hulle het 'n vertaler ontbied."

"Wat staan in die brief of weet julle nie?"

"Nog nie, maar Madliki het my belowe sodra hy weet, hy my onmiddellik sal telefoneer. Maar dit bly vreemd en skokkend. O, kollega hoe lyk die nuwe plaasboer, ek hoor hy is Afrikaanssprekend en super aantreklik?"

"Hy is en hy is 'n vreemde, stil man en beslis gaan hy nie toelaat dat die brekers hom ore probeer aansit nie. Baie ordentlike man en hy gaan beslis nie twak vat nie."

"Ek hoor hy en Marba ken mekaar van iewers, want dit is glo hoekom die nederlaag van die kampioen Zeeman gekom het. Weet jy mooi wat en hoe?" Die kantoortelefoon op die tafel red haar van verdere vrae en antwoorde.

"Spreekkamers, kan ek help? Goed majoor, hier is sy."

"Majoor jy is 'n man van jou woord." Sy staan op en met die foon teen haar oor, loop sy uit die vertrek.

"Dokter ek het die vertaling van die brief hier. Kan ek dit lees?"

"Asseblief." Sy luister aandagtig. "Majoor kan jy dit dalk op 'n boodskap stuur, of dalk 'n afskrif vir my laat kry, asseblief?"

"Natuurlik, maar hoekom die afskrif, jy moet tog die post mortem uitvoer?"

"Majoor, jy weet hoe nuuskierig mense is, hulle sal by my wil weet presies wat en hoekom."

"Natuurlik," lag hy en maak sy keel skoon.

"Majoor, ek gaan gou kyk hoe my dag lyk en as dit rustig is, dan doen ons gou die ondersoek. Sal jou en die manne in kennis stel. Dokter Jacky Rose onderbreek die verbinding en stap terug na die ander dames.

"Wat sê ons polisiehoof?"

"Hy praat van 'n kind en dat Nolan nie kans gesien het om met die kind te handel nie."

"Handel, watse handeling?"

"Ek weet nie, maar klink nie baie vars nie. Maar ek sal binnekort weet, wag net dat hulle reg is dan gaan ek die ondersoek doen."

"Dokter Dawn, hier is jou eerste en gereelde pasiënt."

"Ek kom." Met 'n rollende oogbeweging stap sy na die ondersoek kamer.

Dit is amper 17:00 as Donald die Mahindra by die agterdeur tot stilstand bring en uitklim. "Ek sien sy slaap nog, gaan jy haar los of moet ek haar indra, Mieta?"

"Gaan maak julle dinge Donnie, hier kom Agnes, ons sal regkom."

Dit is sterk skemer as Donald die agterdeur oopsluit, hy loop direk die gang af en reguit na die speelkamer. Rosamund kyk op, glimlag bly, met 'n vreugdekreet spring sy op en hardloop na hom. "Vatti."

"Kom ons gaan soek iets om te drink my sonskyn." Hy tel haar op en loop kombuis toe.

Agnes is besig by die stoof en die omsingel-lekker geur van pannekoek is swaar in die lug. "Ruik ek reg Agnes?" hy sit Rosamund op haar ou stoel neer en gaan sit regoor haar.

"Ghie. Ghie," lag sy en knik haar kop.

"Ek rol op en bring."

Sy sit 'n bord met twee pannekoeke voor Rosamund neer en die ander bord, met agt, voor hom neer. "My ouma se resep en praat as julle stroop of meer kaneelsuiker soek."

"Stroop? Nee, net kaneelsuiker op pannekoek, en dis al, geen vulsel of enige iets nie. Ek wil gou..." Hy bly stil as Rosamund haar oë toe knyp, lippies beweeg, dit is duidelik dat sy bid, en dan vat sy 'n hap. "Nie meer nodig om haar te leer nie, sy is flink op die oog." Agnes lag tevrede as die kind die leë bord na haar toe stoot en met 'n vraende uitdrukking op haar gesig na die ouer vrou kyk.

Dit vat Rosamund nog twee pannekoeke, hy sewe voordat hy haar hand vat en deur toe stap. "Dankie weer 'n keer Agnes, ek dink sy moet in die bad kom."

"Is goed so Setebele, Mieta wag vir haar in die kamer en ek sal voor ek tjaila die warmbottel vol koffie maak."

"Dankie Agnes, ek vat haar nou in. Wie van julle is vannag op diens?"

"Ek en Jim kom twaalfuur in, nou is dit Mieta en Jan. Is daar fout?"

"Nee, nie fout nie, maar ek sal Jim dalk moet saamvat. Sal jy alleen regkom Agnes?"

"Natuurlik, moet Jim nou gaan slaap of wat morena?"

"Ja, maar waar is hy, dan vertel ek hom?"

"Hy is by die verse wat naby kalf is. In die boomkraal."

"Dankie ek loop gou." Hy gaan haal sy Mossberg 12 boor haelpomp, druk 'n selfoon in sy sak en vat die draagbare skietlamp.

Dit is reeds na agt as hy teen die agterdeur tik en wegstaan. "Is ek, Mieta, moenie deur die deur skiet nie."

"Kom in Donnie." Sy maak die deur oop en hy sluit dit agter hom. "Ek wil met jou praat Donald, en nou dadelik ook."

Hy sit die selfoon en flits op die kombuistafel neer. Maak die geweer veilig en leun dit teen 'n kombuiskas. Voel voel na sy pyp, sien die lig in die rosyntjie oë en gaan haal 'n bier uit die yskas. "Praat maar, my ander ma."

"Jy moet van nou af meer tyd by onse kindjie wees. Jy moet haar leer om beduie-taal te praat, en ons moet dit ook leer."

"Jy is reg, ek sal hoor en ook sommer vir ons almal die handboeke kry. Maar ek dink ons moet ons eie taal bou."

"Is reg so Donnie, sy slaap nou mooi soet. Wat het julle gemaak?"

"Sal jou later vertel, gaan slaap jy nou maar. Waar is ou Jan?"

"Hy sit op sy ou plek, by die pakwe (valk) se venster, en check alles."

"Ek gaan gou kamer toe, roep vir Jan en dan gaan ons in die kombuis praat."

"Is goed so onse Donnie, dan gaan ons maar slaap en die ding sal bly by ons."

Hy groet, sluit die deur agter hulle en loop slaapkamer toe. Rosamund slaap rustig en in haar eie bedjie, maar hy weet dat middernag gaan sy weer langs hom insluip. Maar hy het skaars reggeskuif of sy eis haar plekkie op met 'n slaperige gesiggie. "Vatti."

Die dae word weke, weke word vier maande en daar is geen teken, oproep of enige iets van Dawn of enige ander persoon nie. Hy gaan aan met sy daaglikse take en waar hy gaan is Rosamund by, in die bakkie, of spaaider en naderhand op die rug van die merrie, Sally.

Met die gebare taal gaan dit voor die wind en sy vaar die beste. Wat natuurlik verwarrend vir haar moet wees, is die feit dat sy nie Afrikaans kon praat of verstaan nie. Maar hulle skep 'n soort van eie taal en hy hoor van 'n oudioloog in Oos Londen. Maak 'n paar telefoon oproepe en maak 'n afspraak by mejuffrou Laura Higgins.

Die Higgins-vrou se spreekkamer is langs 'n bekende kettingwinkel, die ontvangsdame is popagtig mooi met blonde hare. Sy vertrek haar gesig onvriendelik as hy haar in Afrikaans aanspreek. Hy neem plaas in 'n gemakstoel en Rosamund langs hom. Hy staar na 'n afdruk van die menslike oor, Rosamund blaai deur 'n Engelse tydskrif.

"Meneer Spies, jy kan na kamer twee gaan."

Die vrou wys na die tweede deur, Donald knik, trek sy gesig as die vrou sy van op Engels uitspreek, vat Rosamund se hand en stap die kamer binne. Die vrou kom agter die lessenaar gestap en Donald se oë vernou.

"Meneer Spies en dit is seker Rosamund. Ek is Laura en welkom hier, sit asseblief, ons moet gesels."

Sy is so middel dertigs, swart hare, blou oë, aantreklik en 'n welgevormde liggaam.

"Dankie en ook dankie dat jy Afrikaans praat." Hy aarsel, glimlag as sy bekoorlik bloos. "Hoe het jy geweet ek is nie 'n spioen nie?"

"Spioen? Ek verstaan nie mooi nie."

"Jou ontvangsdame het my van op Engels uitgespreek en van my 'n spioen gemaak." Hy glimlag en sy doen mee.

"Nee ek het dadelik geweet jy is Afrikaans, min Engelse mans steek die hand na 'n vrou uit en ek dink die manier waar jy na my gekyk het, dit het my so laat dink." Sy bloos weer en haar oë vlug weg as hy haar verras aankyk.

"Jammer vir my onkunde, maar hoe het ek jou aangekyk?"

"Anders as sommige van Engelssprekende mans hier wat 'n vrou met die oë ontbloot. Baie dankie."

"Nee ek is die een wat dankie wil sê en ek bedoel dit."

Laura stoot 'n klein opnemer reg, kyk eers na Rosamund en dan na Don.

"Mag ek die gesprek opneem asseblief ... Donald?"

"Natuurlik mag jy en ek skat jy wil alles van Rosamund hoor?"

Sy knik, hy vat die kind se regterhand, as sy kyk na hom, hy beduie iets en sy glimlag.

"Laura ek sal dit waardeer as jy my laat klaarpraat en dan sal ek jou vrae beantwoord?"

"Natuurlik, ek luister graag en asseblief die gesprek is vertroulik, so dit gaan nie verder as ons drie gaan nie."

"Dankie ek weet dit. Dit..."

Sy is vir 'n lang ruk stil, krap in 'n laai, haal 'n snesie uit en vee haar trane af.

"Verskoon my asseblief."

Sy staan op en verdwyn by 'n oop deur, wat sy toemaak. Ses minute later spoel daar water en sy keer terug.

"Jy okay Laura?"

Die traanskade is herstel met vars grimering en sy het het haar emosies gedeeltelik onder beheer.

"Ek is, dankie. Ek wil net graag hoor, wat gaan jy doen, en hoe gaan jy te werk?" Sy gaan staan langs Rosamund wat haar hand onmiddellik vasgryp en opkyk.

"Ek voel sy is gestuur en ek gaan haar wragtig nie weer laat gaan of aangee nie. Ek het redelik baie geld en ek sal elke sent gebruik om haar te behou."

"My respek vir jou styg met elke woord meer. Ek gaan toetse op haar doen en dan bou ons vir haar 'n gehoor-versterker of dalk 'n kogleêre inplanting doen. Maar dit sal ek later weet, eers die toetse doen. As jy wil kan jy in die wagkamer gaan sit, dit gaan lank of vervelig wees?"

"Wagkamer, by daardie pop-vrou? Nee wat, gee my 'n tyd en ek sal sorg dat ek terug is. Ek moet paar goed gaan kry en dit sal die regte geleentheid wees."

"Ek sal jou bel sodra ons klaar is." Sy loer vinnig na die groot, digitale muurhorlosie "Dink dit sal etenstyd wees, dan stiek ek julle twee vir 'n lekker biefstuk?"

"Klink goed, maar weet jy waarvoor is ek regtig lus?"

"Praat?"

"Ek het verlede keer, nie ver van hier af, die lekkerste vis en tjips gekoop en Rosamund is versot daar op. Dalk kan ons dit kry en op die strand gaan eet?"

"Dit klink heerlik, dink ek het varsity tyd laas vis en tjips uit 'n pakkie gehad. Baie dankie, en nou gaan jy ons verskoon." Hy soen Rosamund, loop en voor die deur steek hy vas. "Nog iets Donald?" Haar netjiese wenkbroue lig vraend en hy grynslag.

"Dalk moet jy my nommer op daai netjies Iphone van jou stoor, jy het net my landlyn se nommer."

"Jy is veels te slim meneer Spies." Sy tel haar selfoon op en stoor die nommer as hy dit van sy foon aflees. Hy waai met sy linkerhand, maak die deur agter hom toe en stap woordeloos verby die verbaasde ontvangsdame.

Die man se Engels is beroerd, sy sluwe oë bekyk net die rol note in Donald se hand. "Ek dink jy moet saamstap meneer, die beste lemme is in die stoorplek." Hy volg die uitlander. Na twintig minute en 'n lot geld, klim hy in die Mahindra. Hy gaan sy aankope tydsaam deur, gespe die skedes van gooimesse aan sy voorarms, trek sy hemp vinnig uit en glip die holster om sy skouers, maak seker die twee messe is stewig tussen sy blaaie en trek weer die hemp aan. Hy ry na Laura se kantoor, drink Coke uit 'n blikkie en wag twee en dertig minute voordat haar oproep deur kom.

Hy ignoreer die ontvangsdame se uitroep, klop aan Laura se deur, maak dit oop en Rosamund storm na hom toe. "Vatti!" kreet sy en spring in sy arms. "Donald," kreet Laura en vat sy arm. "Shame, jy is seker dood van die honger en flou gewag? Kom ons gaan en ek sal jou alles op die strand vertel."

Hulle sit op 'n bankie, kyk na die rollende branders en smul aan die vis en skyfies. "Kan ek praat?" Sy vee haar mond met die servet skoon en kyk na Donald.

"Asseblief."

"Ek het slegte en goeie nuus, beide gaan duur wees en die ander eers oor 'n tyd."

"Praat asseblief." Onverklaarbaar is haar hand in syne.

"Ons het getoets en baie goed ook. Dit blyk dat sy ongelooflik hard teen haar kop, veral op die ore, geslaan of geklap is. Die oordromme mag met tyd dalk herstel, maar die moontlikheid is skraal."

"Wie kan so 'n pragtige kind teen die kop klap of slaan?" Die verbittering is swaar in sy stem. "Wat nog?"

"Hulle gaan vir haar 'n gehoorstel bou, het alles deur gestuur na prof Hansen in Switzerland en as sy ouer is sal hy self die kogleêre operasie doen. Maar dit gaan baie kos, ek bedoel heelwat baie."

"Dit maak nie saak nie, Laura. Jy reël alles en ek sal sorg vir die geld. Is ons klaar meisiekind?"

"Ja ons is en ek moet terug kantoor toe. Sal jou bel as jy moet kom vir die gehoorstuk."

Haar stem skielik vaal en yl.

"Hoeveel skuld ek meisiekind? " vra hy as hulle regoor haar kantoor stilhou. Hy help haar by die deur uit en keer Rosamund as sy ook wil uitklim. Sy soen die kind, glimlag vir hom. "Dit is op die huis." Sy sien die misnoeë op sy gesig en haastig stap sy oor die straat, te haastig.

"Pasop...!"

Sy kreet is te laat, die wit Hilux taxi tref haar met die regterbuffer, die slag slinger haar tot teen die motor, agter die Mahindra, en sy val soos 'n lappop teen die deur. Met skreeuende bande verdwyn die voertuig om die hoek, maar die registrasie nommer brand in Donald se brein vas. Hy buk by haar, orals is net bloed, hy tel haar op. Haar gesig is vol bloed. 'n Glimlag kruip in die mondhoeke dan, verslap die mond, val oop, haar oë verstar en die kop val teen sy voorarm.

Die Mahindra se linkerdeur klap toe, deur die geskokte uitroepe van stemme en dan weerklink die drie woorde, hard en duidelik. "Nein meinen Laura!"

Hoofstuk 7

Dit is reeds na vyf die middag as Donald die Mahindra by die agterdeur tot stilstand bring en onmiddellik is die twee vroue daar om die slapende Rosamund die huis in te dra. Hy help die mans om die magdom pakkies die huis in te dra.

"Daar groot fout Setebele, dalk moet jy jou hart skoonmaak?"

"Is dit onse kindjie?" vra Jan as hy die laaste sakkie op die kombuistafel neersit.

"Nee, maar ek sal praat as die vroue by is. Kom Jim, ek wil na die grootuiers gaan kyk, ou Jan, bly hier, ek is nou terug. die vroue moet ook bly dat ek almal kan vertel."

"Waar wil jy praat Setebele binne die huis of onder die boom?"

"Slaap sy Mieta?" as die ou vrou haar kop knik dan stap hy deur toe. "Kom, ek bring vir julle wyn en gaan myself iets ingooi."

"Dankie Donnie, jy kan maar praat ons is reg." Hulle sit onder die bome, elkeen op sy ou sitplek.

"Goed ek praat en julle tjip nie in nie, reg?"

Luidkeels stem hulle in. Hy vat 'n lang sluk Castle en begin dan.

"Auk, die donnerse tsotsi."

"Hulle maak so baie mense dood en kom niks oor nie. Wat gaan jy maak Setebele?"

Donald kyk vreemd na Jan, ledig die bier en steek sy pyp aan. "Ek het sy taxi se nommer, ou Jan." Net dit, niks meer nie, Jan kyk vinnig na Mieta en glimlag skeefweg.

"My oom is groot induna in die polisie daar by East London, hy lief my baie. As jy daardie nommer vir my gee ek sal ons als weet van daardie robbish."

"Ek maak so en sal bly wees as jy alles kan uitvind, dankie Jim." Donald stap die kombuis binne, kry 'n skryfding, vat drie biere en stap weer uit.

"Hierso Jim, en dankie. Wie is op nagdiens?"

Hulle staar hom vreemd aan en dit is ou Mieta wat praat. "Niemand nie Donnie, sy wil niemand daar hê nie en sy slaap nou in haar eie kamer. Daar is 'n belklok as sy iemand nodig kry."

"Dit is goed so, dan gaan ek bed toe en ons praat môre se kant. Goed slaap."

Hulle groet terug, hy sluit die deur agter hom en stap na haar kamer. Die deur is toe, hy stoot dit saggies oop, in die nagliggie se glans lyk sy soos 'n waspop en die rosige lippies roer as sy liggies snork. Hy draai om, stap na sy kamer en tap badwater in. Hy bad vinnig, droog af, trek 'n voetbalbroekie en ou kraaglose hemp aan

Hy gaan sit op die bed, haal die Bybel uit die bedkassie, lees uit Spreuke, en bid. As hy klaar is, skakel hy die lig af en met sy arms onder sy hoof, dink hy oor die dag se gebeure. Dink aan Laura se wrede dood, hoe die noodlot die laaste steen gerol het en hy sluit sy oë.

Dink aan Laura Higgins, haar skoonheid, haar vriendelikheid en dan aan haar bebloede lyk. *Ek sal jou dood wreek Laura en ek is so bitter jammer, vergeef my asseblief? Jy was so 'n wonderlike mens. Jammer dat dit moes gebeur en dankie dat jy Rosamund wou en indirek gaan help. Rus sag.* Hy draai op sy linkersy en slaap.

Oudergewoonte drink hulle koffie onder die boom en bespreek planne vir die dag. Maar 'n oproep verbreek die reëlings, en hy antwoord. "Spies, kan ek help? O, goed mejuffrou Diggeden, ek sal dalk in die week in kom en dankie dat jy Afrikaans praat, o en my van reg uitspreek."

"Ek is jammer oor wat gister gebeur het en omdat ek so ongeskik was, sal jy my asseblief vergewe?"

"Vergeet daarvan mejuffrou ek is so spyt oor wat gebeur het, voel dit is my skuld."

"Nee! Dit was 'n ongeluk en of roekelose bestuur, so gewoond daaraan dat taxis die voorgeskrewe padreëls verontagsaam. Baie dankie meneer Spies."

"Die naam is Donald en baie dankie."

"Dankie Donald, en my naam is Chantal."

"Mooi naam vir 'n mooi vrou."

"Baie dankie ek wonder of ek dalk jou selnommer kan kry Donald? Dit sal dinge baie vergemaklik."

Natuurlik, ek sal dit vir jou stuur, of wag, ek lees dit sommer gou." Hy doen en sy herhaal dit vinnig. "Reg so, en ek bel jou sodra ek kan, dankie Chantal."

Voordat hy die besigheidsselfoon neersit, kyk hy na die skermpie en sien die klomp dowwe oproepe, asook stem-boodskappe. Die meeste is van die polisie en van Laura se kantoor, daar is ook drie van Fred Pieterse. Hy bel die laas genoemde en moet weer vertel oor die manslag van Laura. Die kaptein onderneem om aandag aan die saak te gee en met die uniform afdeling, wat die tref-en-trap hanteer, te praat. Oos Londen polisie het 'n paar roetine vrae en hy onderneem om as hy die week ingaan, verklarings te teken.

"Jim, sal jy die perde opsaal, ek wil Rosamund saam vat na die nuwe kamp teen die berg. Is die draadspan kontrakteurs op skedule, en hoe lyk die voorraad?"

"Ek moet draad vat, wil jy nie dit maar saam met ons sonkind doen nie?"

"Nee ek wil paar ander draaie ry, wil haar so lank moontlik besig hou sodat sy nie aan die ongeluk dink nie."

"Watter perd moet ek vir haar opsaal?"

"Dink Noble is die beste, sy is nie skrikkerig, en vas op die poot. Ek gaan solank padkos bedel."

"Ek maak so, maar ek en Jan moet daardie kalwers gaan kyk, of wil jy gou ry?"

"Nee dis reg, vat jou tyd, wil nog paar dinge doen. So oor 'n uur, is dit tyd genoeg?"

Die man knik en loop na die store toe.

"Is dit genoeg kos Donnie? Die koeldrank is in die koelsakkie, kan maklik agter die saal vasgebind word. Vat jy die lang geweer saam, ons kort 'n ribbok se boud en blad."

"Ek gaan haal, kyk julle net dat haar klere reg is en hou die plaas se selfoon by julle, as iets gebeur en ek bel. O, ja antwoord die foon en vat boodskap, sê ek is in die berg met die perd." Hy wil loop, maar steek vas. "Ek weet dit is onnodig, maar geen woord oor Rosamund aan enige iemand, behalwe die wat weet sy is hier."

"Sy is reg en wag vir jou Setebele."

"Dankie Agnes, hoe ver is die eetgoed?"

"Mieta is besig met dit nou."

"Dankie Aggie ek kom, wil net eers by die stoor aangaan."

Donald kyk na die swartkopdogter langs hom, sit-sit stewig en gemaklik in die saal op die rug van Noble. Sy glimlag breed, haar lippe beweeg en die ligte briesie waai die woorde in sy linkeroor. "Vatti lief jou." Die laaste twee se uitspraak effens skeef, maar onmiskenbaar in Afrikaans.

Hy lag hardop en vreugdevol, steek sy linkerhand uit en raak haar skouer aan. "Danke meine liebste tochter."

Dit word 'n dag van lag. Van lag en ontdekking. Hy wys haar die verskillende bome wat hy ken, die diertjies en voëls. Die meeste woorde is natuurlik vinger- of gebare taal en die meeste van dit is deur hulself geskep. By 'n groot, maar vlak waterpoel, sit hulle regoor mekaar en eet die padkos. Hy vat 'n stuk wors, bring dit na sy mond en vries as sy sy hand vat en haar oë sluit. Skuldig sit hy die wors terug, vat haar ander hand, sit die palm teen sy mond en hy bid hard en laat sy lippe teen haar hand beweeg

"Dankie Heer vir die voedsel. Seën dit aan ons liggame en voed ons siel met die ewige brood. Amen."

Sy maak haar ogies oop, vat sy hand, soen die handrug, glimlag en sit die stuk wors in sy mond.

85

Dit is na vier die middag wat hulle terugry plaas toe, dit met lag en hand gebare. Hulle saal af, loop langs mekaar om die perde koud te lei en dan roskam elkeen sy eie perd. "Kom meine tochter." Hulle stal die perde en vurk dan tef in die voerbakke.

Hand aan hand loop hulle huis toe, waar ou Jan hulle tegemoet stap. "Sjee julle het lekker gery nè?"

"Ja ons het, wat is fout?"

Donald frons as hy die opgewonde uitdrukking in die ou man se gesig sien.

"Auk, jy's te skerp Donnie, ek gaan sag praat." Hy vertel en Donald knik sy kop.

"Ek wil eers sien." Hy sien die ou se gesig sak en vervolg vinnig "Jy kan dit gee oudste ek wil net eers kyk." Die agterdeur gaan oop, Mieta hou haar arms uit vir Rosamund, wat sy hand los en Mieta vang haar.

"Laat sy solank skoon kom Mieta, ek gaan saam Jan."

"Hier is die klein brak, Donnie." Die klein brak is 'n mooi brak, die bruin basterhond is sowat agt maande oud en van onseker afkoms, maar met 'n intelligente gesig.

Donald sak op sy hurke neer, met 'n swaaiende stompstert storm die hond na hom toe. "Wat is jou naam ou mannetjie?" Hy krap die woelende hond agter die ore en dié lek sy hand. "Kom gaan groet jou nuwe miesies, en jy beter sag speel."

Die klein basterbrak hardloop saam tot naby die hoek en Donald wys vir Jan om dit op te tel, te wag en hy sal roep as Rosamund buite is. As hy by die

86

agterdeur kom, kom Mieta en die dogter uit gestap. "Vatti."

"Hello my kinna. Dink jy moet saam Mieta om die huis gaan loer." Hy is nog besig met beduie toe draf Rosamund vooruit, hy skud sy kop en gaan sit. Wat die kind opgewonde gil, is onverstaanbaar maar wat wel duidelik is, is die van opgewondenheid is. Nog 'n paar onverstaanbare gille, dan kom sy om die hoek met die brak in haar arms, agter haar kom die breedlaggende Jan en Mieta.

"Vatti! Bruno." Sy babbel opgewonde voort maar dit is onverstaanbaar en in Duits. Dit is duidelik dat dit haar grootste geskenk ooit is en snaaks genoeg is die brak rustig in haar omhelsing.

Daardie aand slaap Rosamund in haar eie kamer met Bruno op haar bed. Donald het aanvanklik heftig beswaar gemaak teen die bedslaap, maar het berus toe hulle die hond gebad en ontvlooi het.

"Nag Vatti." Sy hou haar mondjie uit, hy soen die rosige lippies, trek die kombers tot teen haar nek en verlaat die vertrek. Die nagliggie brand flou as hy die hooflig afskakel en na sy kamer loop. Ten spyte dat hy pas Godsdiens saam met haar gehou het, vat hy sy Bybel en lees Psalm 23 en bid die Onse Vader op sy knieë.

Maak sy messe los, sit dit langs die leeslampie neer en en hou een gooimes, in sy skede onder die kopkussing. Sit die lig af en dink aan Laura, dan aan die mooie Chantal Diggeden, dan slaap hy.

Die oggend om 05:00 loer hy by haar deur in, klein Bruno lê met sy kop op die ander kussing en Rosamund se armpie is om die hond sy lyfie. Hy trek die deur toe, stap kombuis toe en skakel die ketel aan.

"Sjee die twee kleintjies slaap te lekker, dalk die perd se ry het die steenkoolkoppie moeg gemaak. Wat gaan jy vandag maak Donnie?"

"Mieta ek gaan maar met die bees aan, julle moet maar die kindjie besig hou, ek is bang vir die jong klomp beeste. Dan gaan ek en ou Jan, daardie nuwe perde voor die trêppie leer en ons moet regmaak vir die volgende klomp bees."

Die week gaan ongelooflik vinnig verby en dit is laat middag as Fred en Anneline voor die huis stilhou.

"Gedink julle gaan ons weggooi..." lag Donald en groet die twee mense. "Kom, ek help met die tasse. Die tas is seker joune, die rugsak kan net 'n polisieman s'n wees en dié kan hy self dra." Hulle lag en stap na die voordeur toe..

Rosamund, met Bruno kort op haar hakke, loop Anneline storm en spring behoorlik in haar arms.

"Wel, iemand is bly om iemand te sien, wonder of ek ook so verwelkom gaan word?"

Soos die gewoonte in Suid-Afrika, brand die braaivleisvuur vinnig en gou.

"Gaan julle bier sluk of iets anders?"

"Bier dankie my maat."

"Kan ek 'n rooi wyntjie kry asseblief Don? Ons het saamgebring."

"Ek het gesien Anneline, maar is eintlik onnodig. Sit julle, ek gaan dit haal." Donald draai om en lig sy hand as Rosamund wil opspring. "Ek bring jou melk kleinding, sit maar."

"Ek stap saam." Fred volg hom, maar soen eers vir Rosamund en dan vir Anneline.

"Iets pla jou my vriend, mag ek weet?"

"Ja daar is 'n snaakse storie wat loop, en oor jou."

"Gewoonlik is daar stories oor nuwe intrekkers en so. Maar wil jy my inlig daaroor?"

"Ja, ek dink ek moet. Het jy enige iets met die dood van Gary Nolan te doen?"

Vir 'n blits sekonde skreef Donald se oë en dan glimlag hy wrang.

"Gewonder wanneer gaan die tonge my stenig. Ek het nie eers geweet waar bly die knaap nie. Wat dink jy Fred? Sal jy Anneline se wyn vat, ek bring die ander twee se drinkgoed."

Hy druk sy bier in sy linker bosak, vat die melk en bakkie met gekerfde biltong met sy linkerhand.

"Loop voor my maat." In stilte hoop hy dat Fred vergeet dat hy hom nie regtig op die vraag geantwoord het nie.

"Kan ek help braai, Vatti?"

Die ander twee gaap die kind aan, wat met swaar tog duidelike Afrikaans praat.

"Jy kan kleintjie, bring eerste die bak met wors."

Fred wil opstaan om te help maar Anneline pluk hom terug.

"Gee hulle alleentyd my skat, wat hulle nou doen is onvervangbaar en dit leer hulle mekaar beter ken."

Dit word 'n onthou-aand, vier mense wat sosiaal mekaar leer ken en ontdek. Lag en huil.

Dit is omstreeks elfuur as Don die twee by hulle kamerdeur groet en dit beklemtoon dat hulle so laat hulle wil slaap. Hy loer by Rosamund se kamer in,

Bruno lig slegs sy ore en sy slaap rustig. Na hy huisgodsdiens gehou het, trek hy sy bokserbroek en T-hemp aan, en skakel die lig af. Hande agter sy kop dink hy eers aan Dawn, dan wyle Laura en hy raak aan die slaap met die beeld van Marba Silver in sy kop.

Die volgende oggend, na ontbyt, stap die vier af na die stalle toe en Rosamund wys hulle die eerste Arabier-vulletjie wat twee dae gelede gebore is en dan saal hulle op. Dit is duidelik dat die twee besoekers kan perdry en Donald gaan dadelik in 'n galop oor.

Dit word 'n naweek van lekker kuier en gesels. Dit is net na vier die middag as Fred en Anneline van die huis wegry, met wuiwende arms gaan hulle om die draai. "Ek dink Rosamund kan baie bly wees dat Don haar gekry het, hy ontpop in 'n super vader."

"Hmm," brom Fred en konsentreer op die pad.

"Wat is fout ou Brombeer?" sy skuif nader en sit haar regterhand op sy been.

"Ek is doodseker dat Don meer van Gary Nolan se dood weet as wat hy voorgee."

Hy loer vinnig na haar.

"Trouens, ek dink hy was aandadig aan die kamma selfmoord."

"Wat maak dit saak my skat, dit is duidelik dat Nolan vir Rosamund om die lewe wou of moes bring en dan is daar ook die aaklige dood van Dawn. Het jy of enige iemand die reg om die arme kind se geluk te vernietig?"

"Ek is 'n geregsdienaar my pop."

"Maar jy is ook 'n mens en Rosamund se toekoms is op die spel."

"Ja goed my pop. Kom hier is jou huis, ek gaan jou goed indra en dan moet ek koers kry." Tien minute later weier hy 'n laaste koffie, soen haar en vertrek. Anneline staar die rooiligte agterna totdat dit om die draai verdwyn, loop terug en sluit die voordeur. Skielik twyfel sy aan Fred se vriendskap en dit maak haar bang.

Fred skink vir hom 'n drievinger brandewyn, vat sy selfoon, rol deur die gids en druk 'n nommer.

"Brigadier jammer om so laat te pla, maar ek het 'n sterk vermoede..."

Donald wag totdat Rosamund rustig slaap, vat 'n bottel Castle en gaan sit op die stoep.

"Wat gaan jy maak Fred Pieterse, daar was 'n snaakse uitdrukking op jou gesig toe jy gepraat het oor Nolan en dit maak my onrustig? My alibi sal staan maar hoe gaan ek Rosamund verduidelik?" Hy kyk op sy selfoon, sien dit is net na nege en skakel 'n nommer.

"Don, wat is fout, is Rosamund reg?" haar stem klink angstig, beslis nie vaak nie.

"Ek is jammer Anneline, ek voel soos 'n verraaier maar ek moet met jou praat."

"Natuurlik Don, enige tyd, maar Fred het my net afgelaai en is huis toe."

"Ek wil met jou praat Anneline, het Fred vreemd op getree?"

"Nee ... maar ja hy was agterdogtig oor jou aandeel of kennis in verband met Nolan se selfmoord. Hoekom vra jy?"

"Hy het by my ook uitgevis en ek het hom 'n antwoord skuldig gebly. Hy is my vriend, maar ek twyfel skielik aan die krag van sy vriendskap."

"Damnit, ek is skielik bang. Het jy 'n plek waar jy haar kan versteek?"

"Nee ek het nie, maar ek kan iewers heen gaan. Wat dink jy?"

Hy stap die huis binne en druk die interkom se knoppie.

"Setebele wat is verkeerd?"

"Kom julle almal hier en gou. Skuus Anneline, ek sal plan moet maak."

"Kom, bring haar hierheen, dit is die laaste plek waar hy sal soek. Ons kan later 'n plan maak, ek het 'n goeie vriendin in Oos Londen, sy werk by 'n oudioloog."

"Praat jy van Chantal Diggeden?"

"Hoe ken jy haar?" Sy is duidelik verbaas en verras.

"Ek verduidelik vinnig en ek sal nog vinniger 'n plan moet maak." Hy vertel haar en sy giggel.

"Skuus ek giggel maar sy het my van jou vertel, maar nie jou naam genoem nie en die wyse waarop jy haar gechoke het. Ek bel haar solank, vat net alles van Rosamund weg en sorg dat daar niks agterbly nie. Wat gaan jy doen oor Nolan?"

"Ek het genoeg getuies wat my kan vrymaak. Ek hoor my mense en ek soek jou adres asseblief?"

Dit is net na twaalf as hy voor die hek stilhou. Daar staan twee motors en 'n VW kombi onder die groot afdak. Anneline kom agter die huis uit, wink hom nader en beduie hy moet agter stilhou. Hy het skaars tot stilstand gekom of Anneline pluk die linkerdeur oop en met 'n opgewonde uitroep is die kind in haar arms. "Kom jy ook in Don en sit af die ligte. Is jy alleen?"

"Ja, net ons twee, my mense maak die plek skoon."

Met Rosamund se arms om haar nek stap Anneline by die agterdeur in, Donald volg haar en steek vas as hy die ander persoon by die kombuistafel sien.

"Jy."

Chantal Diggeden glimlag en staan op.

"Naand Donald, ek hoor dit gaan nie so goed nie?"

"Meisiekind nou praat jy en ek is jammer dat ek jou in hierdie ding moes betrek." Hy beduie dat Rosamund nader moet kom, Anneline laat haar gaan en Don stel haar plegtig aan Chantal voor.

"O jy's so mooi, en weet jy wat?" Chantal hurk en haar vingertaal is so presies en volmaak, dat die kind dit onmiddellik begryp.

"Wat?" Die kleinding se oë is groot en in die skerp lig van die kombuis is haar wange 'n sagte pienk rooi.

Donald trek 'n stoel vir Anneline uit, hy gaan sit op die punt. Op die tafel is 'n stapel groente en onwillekeurig steek hy sy hand uit en tel 'n patat op, glimlag en praat hard, terwyl hy beduie. "Ek het jou naam gekry, onse klein Patat. Jou wange amper die kleur van die patat. Beide dames glimlag instemmend, Chantal vat die vrug uit sy hand en haar vingers se aanraking tintel teen sy arm op. Hy loer na haar en sien dat haar wange ook patatkleur maak.

"Wat het jy, julle, besluit gaan ons doen?"

"Ek vat Patat nou saam met my en sy sal veilig wees. Ek gaan na ons plasie tussen Kidds Beach en Kaysers Beach. Ek gaan saam en ons sal veilig wees. As dit jou pas?"

"Natuurlik maar wat van jou werk en opoffering? Jy kan mos nie net afvat nie."

"My vader is die eienaar van die besigheid en ook die gebou, maar hy is op die oomblik in Switzerland. Maar hy weet van alles en dit is sy en moeder se voorstel. Ek wil nie te laat ry nie, kan ons haar goed oorlaai? Ek bring die motor nader."

Vyftien minute later is al Rosamund se goed in die Range Rover gelaai, die meisie groet eers vir Anneline en dan klem sy Donald styf om die nek, snik saggies.

"Nee my Patat, jy gaan lekker kuier en ek gaan sommer gou-gou julle weer sien."

Hy help haar in die motor, stap om, maak die regterdeur vir Chantal oop en help haar in.

"Baie dankie en ek waardeer wat jy en Chantal vir ons doen." Sy glimlag, skakel die voertuig aan, hy leun oor, soen haar op die regterwang, sy laat die motor ruk en stol.

Anneline kom staan langs hom en hulle wag dat die motor om die straathoek verdwyn.

"Jy is 'n towenaar, meneer Donald Spies."

"Ooo, heng wat ek nou weer gedoen? "

Hy steek by die Mahindra vas, maak die deur oop en kyk na haar.

"Jy maak al wat vrou is verlief en dit sonder om te probeer." Daar is geen glimlag op haar lippe nie en haar gesig is stroef-ernstig.

"Ek weet nie regtig waarvan jy praat nie, ek sien die vrou die tweede keer in my lewe. Baie dankie vir alles nooi en laat weet maar." Hy wil haar op die wang soen, maar sy draai haar gesig en hy soen die sagte, warm lippe, sy gryp hom om die kop.

"Dankie en versigtig wees." Sy los sy kop, trek haar gesig stadig weg en treë terug. Sy lig haar hand as die voertuig om die hoek van die huis gaan en prewel vir die nag. "Jy het my getoor, Donald en dit gaan swaar wees."

Dit is sesuur die oggend as Donald die agterdeur oopsluit en sy vier mense groet wat onder die boom sit.

"Môre julle, ek is so bietjie laat vanoggend, maar die ketel is aan. Manne ek wil hê julle moet elke vertrek deur gaan en kyk dat daar niks van Patat, Rosamund rondlê of so nie." Hy kyk en sien iets aan die boom, waar die swaai was. "Wat is dit?" hy wys daarna.

Jim lag lekker. "Ons het die drade daar vas gemaak met kettings en hakke, die klip van die slag is nou by die grond. Ook is dit 'n beter slagplek, mos nader aan die koelkamer."

"Dit is 'n blerrie slim plan en wie is die een wat daaraan gedink het? Wie is die planmaker?"

"Is ekke, mos my oupa was 'n polisieman en hy het my pa geleer van slim en skelm wees." Jim se mond vertrek in 'n wittand lag.

"Baie slim mense, sal julle deurgaan en seker maak. As die polisie en die mafokkie (speurder) kom vra, vertel hier was 'n kind maar is lankal weg."

"Ons sal daai ding doen en waar gaan jy wees Setebele?"

"Ek en Jan gaan by die nuwe bergkamp wees en sodra die vroue ons kos reg het, vat ons die jeep. Sal jy kyk of daar genoeg draadmaak se goete is?"

"Wat gaan ek sê as die amapolies hier aankom?"

"Jim jy het nou die dag gepraat van die lekplek by die dompeldip, kry jou goed dan gaan jy daar aan."

"Wat maak ek as hulle die huis wil deurkyk?"

"Laat hulle gaan en onthou die storie van die kind."

'n Uur later ry Donald en ou Jan met die jeep in die smal tweespoor paadjie. Dadelik kry hulle die breekplekke aan die draad en Donald swets binnensmonds.

Dit is amper twaalf uur as hulle by die jeep kom, Donald tel die selfoon op, skakel dit aan en hierdie keer swets hy hardop. Daar is veertien onbekende dowwe oproepe, ses van Fred en twee van Anneline. Daar is ook 'n boodskap van haar. Hy lees dit hardop en dan swets hy en ou Jan saam.

Die polisie het al jou mense gearresteer en polisie-stasie gevat. Jy sal soontoe moet gaan Fred is mal van woede. Bel my asseblief Don. Xxxxx

Hoofstuk 8

Donald sluit sy oë, wag totdat die woede en teleurstelling uit hom vloei en kyk na Jan. "Kom ons ry en praat op die pad." Terwyl hy ry verduidelik hy wat die ou man moet praat en hy bel Anneline se nommer.

"O, hemel ek is bly om jou stem te hoor. Hulle moes jou mense vrylaat en hulle wag by my kantoor."

"Baie dankie en hoe het dit gebeur? Terloops ek is amper by die dorp. Waar is jou kantoor?"

"Ek sal jou vertel hoe om te ry en hou by die straat agter die kantoor stil, daar oorkant die straat wag 'n polisieman. Gee my 'n kort oproep dan sal ek na jou toe kom, daar is 'n hek na die ander straat."

Hy het skaars stilgehou of Anneline en die drie ander kom aangestap. Hy klim uit, voor hy iets kan sê val Anneline hom om die hals en snik saggies teen sy bors.

"Kalmeer meisie, ek is hier en gaan jy my vertel wat gebeur het?"

"Ekskuus, ek het my selfbeheersing verloor en alles was so onwerklik. Kom dan vertel ek jou, ons kan by die agterdeur inglip."

"Wat van my mense, moet hulle hier wag of wat?"

"Kan Jim of ou Jan hulle nie wegvat plaas toe nie en jou kom haal nie, of dalk kan ek jou self uitbring?"

"Is reg so. Jan het ons iets nodig? Mieta of jy en Agnes?"

"Ons het kruideniers nodig Donnie."

"En dalk 'n bottel wyn, Setebele, dink ons het dit nodig?"

"Jim ek sal maar eers as die son sak. Gaan julle eers huis toe, dit is laat en daardie vrag lusern moet afgelaai word. Daar sal ook middag of vroeg nog 'n lorrie met die besproeiingspype wees. Moenie suurkop trek nie, julle sal net toesig hou daar is genoeg mense om af te laai." Hy haal 'n kaart uit, gee dit vir Jan. "Jy ken die nommers, werk mooi en koop genoeg."

Hulle wag totdat die Mahindra die straat afry en dan volg hy Anneline tot in haar luukse kantoor. Daar is verskeie toekennings, foto's en afdrukke teen die muur. Hy loop dit stadig deur en steek langs die een reg agter haar kop vas, kyk, fluit en draai om. "Met 'n LLB nogal Cum Laude, wat soek jy in die gehuggie? Ek is beïndruk meisie en ek dink jy moet maar praat."

"Ek het die landdros en die brigadier gaan sien. Gevra op watter gronde hulle die werkers aanhou en waar is die beëdigde verklaring. Hulle het 'n bluf getrek wat geboemerang het. Fred is so kwaad hy kan slange vang, belowe hy sal jou kry en my ook in die proses vernietig. Ek het nogal van hom gehou, maar ek is bly sy ware kleure het uitgekom. Hy my ook beskuldig dat ek hom verraai het en dat ek nes Brenda is." Sy speel met 'n goue pen en vermy sy oë.

"Nes Brenda, en hoe is sy?"

"Hy beweer dat ons beide op jou verlief is en daarop uit is daarom te gebruik om nader aan jou te kom." Weer vermy sy sy oë en speel met die pen.

"Is dit die waarheid Anneline?"

"Ja, ek dink so." Haar stem is skaars meer as 'n fluistering, en sy bloos.

"Maar julle het die naweek tog saamgeslaap, is dit wat hy van jou dink?" Daar is skok en ongeloof in sy stem.

"Nee ons het nie saamgeslaap nie. Hy wou maar ek het dat ou Mieta vir my die stoepkamer regmaak en ek dink dit is hoekom hy jaloers is." Hierdie keer kyk sy hom vas in die oë en haar gesig is kalm.

"Ek is trots op jou, baie ook. Nie omdat jy nie by hom geslaap het nie, maar omdat jy dit vir my gesê het en natuurlik wat jy vir my werkers gedoen het. Wat moet ek nou doen?"

"Niks nie, ek gaan die dag afneem, het reeds gereël en dan kan ek jou plaas toe neem, maar ek dink jy sal my vir 'n ete moet stiek."

"Akkoord, kan ek jou nie op die beste biefstuk by my huis trakteer nie?"

"Laat ek net my dinge hier afhandel en dan ry ons. Het jy enige iets nodig voor ons gaan?"

"Ek weet ou Mieta sal sorg vir brood en so aan. Maar wat ek wel nodig het is Fox tabak en portwyn. Dit dink ek sal voorlopig al wees, en natuurlik 'n paar Kit Kats, die wittes, Patat lief dit..." Hy bly stil as hy besef die kind is nie nou hier nie.

Sy stap tot teen hom, sit haar hand op sy bors en kyk stip in sy blou oë, sien die verleë uitdrukking daarin. "Jy het baie lief vir haar geraak, nè?"

"Ek het, die ironie, sy is nie eers van my bloed of nasie nie. Gaan nie eers praat oor my verlede nie, maar hier is sy, boots and all in my hart."

"En wat 'n mooi hart is dit nie." Sy sit haar hand op sy mond as hy beswaar wil aanteken. "Sal jy asseblief my skootrekenaar dra? Ek vat my aktetas en handsak."

"Ek sal beide dra, dan is dit gebalanseerd. Jy gaan eers binne praat?"

"Ja en die tonge in rat kry en jy behoort die nuuskierige oë in die vensters te sien as ons my motor gaan kry."

"Heng maar die klomp is nuuskierig," lag Donald as hulle by die Opel Corsa stilstaan en hy die goed in die linkerkant agter die sitplek sit. Hy klim links in en kyk spekulerend na haar. "Gedink 'n prokureur gaan 'n spoggerige motor besit, of is daar 'n ander by die huis?"

Sy bloos. "Ja, maar die Mercedes is al effens bejaard, maar sy is veilig en ry lekker."

"Ek het net gespot, van rydinge gepraat, ek sal moet 'n ordentlike groter voertuig kry. Nou met Patat sal dit lol."

"Waaraan het jy gedink, motor of dubbelkajuit, dalk 'n SUV?"

"Ek het die Nissan Navara in gedagte gehad, nee dit is wat ek wil hè, dubbelkajuit met 'n ordentlike kappie. Ken jy 'n eerlike handelaar of so?"

"Ek doen en hy is familie, met 'n groot Nissan handelaarsaak in Oos Londen. Ek moet môre daar wees vir 'n redelike groot saak en kan jou daar aflaai? Dan kan jy sommer Patat en Chantal gaan sien."

"Klink goed, maar hoe vroeg sal jy dan moet ry, wil jy nie eerder op die plaas kom slaap nie? Jy sal veilig wees," vervolg hy haastig en kyk by die venster uit sodat sy nie die verleë uitdrukking op sy gesig kan sien nie.

"Ek sou dit geniet het, maar die klaer en sy gesin ry saam met my, en die Benz gaan vol wees." Daar is opregte spyt in haar stem as sy voor 'n Spar stilhou. "Ek glo jy sal jou tabak hier kan kry en langsaan is die drankwinkel."

"Kom jy saam?"

"Dink jy dit is wys?"

"Wag vir my, ek is nou terug."

"Ek wil 'n KitKat hê, maar 'n bruine," giggel sy as hy oor sy skouer grynslag.

Dit is ongeveer 21:30 se koers as hy haar deur die oop venster van die motor soen. "Baie dankie vir alles wat jy vir my, ons, gedoen het. sien jou dalk môre,"

"Daardie biefstuk het alle skuld vereffen, dit was werklik die beste ooit. Asseblief, jy het my nommer, ek stuur 'n boodskap as ek nie kan antwoord nie. Die saak sal seker tot laat aanhou en ons mag nie selfone in die hof gebruik nie." Sy soen hom en ry vinnig weg, hy mag nie die trane sien nie en sy praat sag met haarself. "Marba Silver, jy het alles in die lewe, wil jy hom nie maar vir my gee nie?" maar sy weet dat dit slegs 'n hopelose droom is. "Watse man is jy Donald ? Sonder om eers te probeer, steel jy die harte van al wat vrou is hier, eers arme Dawn, dan Brenda, dan myne, dan volg Chantal en natuurlik die een wat jou hart het, Marba Silver. Die vrou wat almal se harte in haar hand het en dit tussen haar vingers laat deurgly."

Dit is ongeveer 13:00 as Donald die laaste dokumente teken en dit oor die tafel na Les Masterson stoot. "Ek hoop dit is die laaste keer dat ek vandag my naam teken Les."

Die bleskop man lag saam. "Dit is die laaste keer hier Donald. Ek dink my manne het voor die showroom gestop nou, nommerplate de lot." Hulle gee hand as Donald in die nuwe, silwer Nissan Navara klim. Hy wou aanvanklik 'n witte gehad het, maar dit was al wat beskikbaar is en hy was nie bereid om te wag nie.

Met behulp van die ingeboude GPS hou hy voor die luukse dubbelverdieping huis stil en 'n vrou in 'n swart uniform, met 'n wit voorskoot kom uit gestap. Die geboue en die heinings van die plaas is mooi en netjies.

In foutlose Engels vra sy hom of hy 'n afspraak het en wie hy is. Die oomblik as hy sy naam verskaf, glimlag sy wittand. "Goeie middag meneer Spies, sal jy my asseblief volg? Hulle is agter by die swembad en ek glo nie hulle weet jy kom nie." Sy lei hom tot by die groot skuifdeure en wys na die swembad.

Donald bedank haar met 'n glimlag, skuif die deur geruisloos oop, stap na vore en steek vas. Die twee is by 'n klein tafeltjie besig om iets te doen en hy lig sy wenkbroue. Chantal is in 'n rooi bikini geklee en van agter af is die lyne van haar kurwes vloeiend mooi. Rosamund het ook twee stukkies rooi materiaal om haar skraal lyfie en die woede stoot in Donald op as hy die blou, pers merke op haar ruggie en bobene sien. Nou weet hy hoekom Mieta en Agnes hom weggehou het en hy is nou dankbaar daaroor. Stadig kom hy vorentoe, sy oë liefdevol op die klein lyfie en dan weer bewonderend op die van Chantal.

Dit is Rosamund wat hom eerste gewaar, haar ogies rek, die mooi gesiggie ontplof in 'n blye glimlag en haar vreugdekreet ruk Chantal om. "Vatti!" Sy storm nader en 'n blosende Chantal soek tevergeefs na 'n handdoek.

Donald vat die klein lyfie in sy arms, maar hy kyk na die verleë vrou wat vinnig na die handdoek beweeg. "Moenie, asseblief, jy lyk pragtig." Sy steek vas, bloos nog meer as hy naderstap. "Ek wou nie sommer opdaag nie, maar ek kon dit nie weerstaan nie en wat ek nou aanskou, dit maak my bly ek het ingekom"

"Jy het nie gebel nie en ja, ons is onverhoeds betrap."

"Ek is jammer en deksels bly, jy is nie net mooi nie, maar jou lyf is pragtig. Jammer. Het julle planne vir die laatmiddag of aand?"

"Nee, hoekom?"

"Ek wil julle twee graag vir ete vat, ek wil iets vier."

"Wat vier ons meneer Spies?" Haar glimlag versag die doelbewuste Engelse uitspraak van sy van.

"Bly om julle te sien en sommer om my ander bakkie se aankoop te vier."

"Bakkie, het jy nie 'n motor gekry nie? Jy moet onthou van Patat se bagasie, sy is klein maar weliswaar 'n vrou."

"Pluk aan jou jakkie en kom saam."'

Opgewonde volg hulle hom en dan is dit 'n ge-oe en 'n ge-aah as die twee die blink voertuig sien. "Oo dit sal alte smart wees in jou nuwe bakkie. Natuurlik wil ons gaan eet, maar wag jy by die kroegie en dan maak ons klaar."

Sy tel Rosamund uit die bakkie, beduie woes en die dogtertjie glimlag breed.

"Goed ek wag hier vir julle en moenie te lank wees nie. Ons kan uitstel want dit is eintlik 'n sonde."

Chantal steek vas, loer agterdogtig na hom.

"Wat is 'n sonde?"

"Om daardie pragtige liggaam in 'n lot klere te gaan bedek." Sy vlug haastig in die gang af. Hy vat sy telefoon en bel die huis. "Jim, hoe lyk dit daar? Is alles reg?"

"Alles reg, maar ek dink die polisie hou die pad dop. Het gesien die son blink en toe het ons die kyk ver gevat en sien hulle naby uitdraai se pad in die bosse getrek."

"Is goed Jim, hou hulle dop, ek sal later vannag terug wees en moenie my met die twaalfboor skiet nie." Hy luister aandagtig, gee bevele, daar is 'n sagte plukkie aan sy been en Patat staan blinkoog daar. hy groet en tel haar op. "Ek het jou so verlang my kleinding. Kuier jy lekker by die mooi tannie?"

Sy glimlag net en druk haar arms stywer om sy nek. "Sies jy moenie haar leer jok nie." Chantal lyk ongelooflik mooi in 'n ontwerpers denim, rooi bloesie met n konserwatiewe halslyn, sagte bruin stewels en haar hare is die kleur van suiwer goud.

"Kan ek jou iets vertel? En dit is die waarheid."

"Natuurlik kan jy en ek verkies die waarheid bo alles."

"Daar is 'n paar dinge wat ek nooit doen nie, die ander sal ek jou later vertel, maar die een nou. Ek gee nooit komplimente nie, ek sê net wat my oog en hart my vertel."

"Dankie en ek glo jou, maar nog een asseblief?"

"As ek 'n ding wil doen dan..." Die stem by die skuifdeur laat hom omswaai en hy word eers warm, dan koud.

"Wat wil jy doen?" Marba Silver staan in die deur en sy is asemsteel mooi, geklee in 'n swart langbroek wat lyk of die om haar gegiet is, 'n rooi bloes, wit sandale en die steenkool vlamme dans in die swart hare. Haar gesig is bleek en die groen oë skitter soos kristalle, haar gesig is keurig gegrimeer.

"Hello Marba, dit is 'n verrassing en dit lyk of julle mekaar ken?"

"Hello my maatjie, ek het nie geweet jy het geselsk..." haar stem droog op as Rosamund ingedartel kom, sy steek vas, gaap die vreemde vrou aan en haar handjies beduie vinnig. Chantal lag.

"Rosamund beduie dat jy die mooiste vrou in die hele wêreld is en sy vra wie is jy."

Marba glimlag en buk af. Rosamund tuit haar lippies en sy kry 'n stewige soen. "Waar kom jy vandaan poppie en so pragtig ook?"

"Sy is doof Marba en ek sal jou vertel." Chantal se oë vra toestemming, en Donald knik.

"Dis reg, ek gaan julle drie alleen laat en ek stap af see toe. Roep my as julle klaar gepraat en die klippe opgeraak het."

Hy vroetel Patat se hare deurmekaar en sonder om oogkontak met een van die twee vroue te maak stap hy seewaarts. Hy skop sy skoene uit, rol sy denim se pype tot by die middel van sy kuite op en loop in die vlak waters na 'n paar rotse. Hy gaan sit, trek sy bene op, stut sy voorarms op sy knieë, staar na die onstuimige waters van die see en dink aan die weergalose skoonheid van Marba Silver.

Hoe lank hy daar gesit het kan hy nie onthou nie, net die feit dat hy sy kromsteelpyp drie keer moes stop. Hy hoor haar nie, maar eerder voel hy haar aan en draai sy kop en kom verward orent. Haar broekspype is ook opgerol, die see wind speel met die oniks hare, verberg haar gesig gedeeltelik maar nie so dat hy nie die trane op haar wange kan sien nie.

Die golwe bulder so dat hy haar moet beduie om te sit, sy skud haar kop en maak loopbewegings met haar hand. Hy volg haar strand toe, sy oë vasgesuig op die wiegende bewegings van haar heupe en sy hart hamer donderend in sy borskas. Sy stap in die enkeldiep water, hy stap woordeloos aan haar regterkant. Sy asem suig geluidloos in as sy sy linkerhand vat en aanstap, steeds vermy sy om na hom te kyk.

Hy steek vas, draai haar sodat sy na hom moet kyk en die trane is soos diamante op haar wange. "En die trane?" Al sy opgedamde emosie pak dik op die klank van sy stem.

Sy kyk op in die blou oë en ook haar stem is hees.

"Van skaamte en van skuldig wees."

"Hoekom?"

"Ek was so lelik teenoor jou, jou so beledig en verneder en kyk nou. Jy het my bewys dat my tong verkeerd was en dat ek na my hart moes luister"

"Jou hart?"

"Ja en ek gaan dit nie weer sê nie, anders kry jy grootkop. Kom ons loop sit op daardie duin, ek wil praat en bieg."

Haar hand voel warm in syne, so nommerpas eintlik en Donald se wêreld draai sommer vinniger. Hy help haar sit, gaan self dan sit en met so vier hand spasie tussen hulle, sy sug saggies en skuif tot teen hom. Haar hand soek syne en dan leun sy haar kop teen sy arm. "Ek gaan praat en ek wil hê jy moet my kans gee om klaar te praat, dan is dit jou beurt. Reg?"

"Ek luister." Sy stem klink vreemd vir homself en sy kop is tussen die sterre.

"Ek het so ongelooflik ryk grootgeword en dit is in my gedril dat die armer mense bloedsuiers en bedelaars is. Ek is beter as almal, mooier en slimmer. Elke dag moes ek dit hoor en is so deur universiteit ook. Toe ek jou op die plaas sien het my hart amper uit my borskas gespring, my bene was lam en het gebewe. Vir die eerste keer in my lewe was ek verlief, onseker en geskok. Jy was 'n huurling op een van my vader se vele plase, 'n bedelaar en 'n bloedsuier. Maar jy was die mooiste mansmens ek ooit in my lewe gesien het. Ek en my ouers, was ten minste twee keer 'n jaar oorsee en ek het in die hoogste kringe beweeg. Kon dit nie aanvaar dat jy my voete onder my uit geslaan het nie, ek wou jou weghê, want ek was te bang my weerstand sal verkrummel. Verstaan jy hoekom ek so lelik was met jou, en kan jy my vergewe?"

Hy gaap haar verbaas, byna geskok aan en sy stem is sag. "Jy vra my om verskoning? Ek is wat jy gesê het ek is, benede jou stand en status." Hy hou sy hand op as sy beswaar wil aanteken "Ek het jou kans gegee om klaar te praat, doen dit dan vir my ook." Sy gryp sy linkerhand vas en druk dit teen haar nat wang. "Daardie eerste keer toe ek sleepvoet gevlug het vir jou woorde, het jy my eintlik na 'n nuwe toekoms gestuur. Toe ek langs die pad staan, gekrenk, verdwaas en verbitterd, het daar 'n jeep stilgehou. Agter die stuur was 'n wilde ou man, woeste baard, hare op sy skouers en hy het my dit gevra, 'Want a lift, laddie?' Patrick McDonald was 'n Skot, met 'n woeste baard, hare op die skouers en ysblou oë. Ek het ingeklim en ons het gereis, deur Afrika en vyftien of meer lande. Daardie pad het in Mosambiek in 'n sendinghospitaal gestop. My pad het weer hier begin by Amatole Ridge, nou Macs Rest, en hier wil ek sterf, of doodgaan. Jy was voor my hier en as jy wil hê ek moet gaan, dan swerf ek maar verder..." Hy wou nog aangaan maar hou op want Marba Silver huil, hard en verdrietig.

"Nee! Nee! Jy gaan nêrens nie, ek sal dit nie toelaat nie, nooit nie." Haar linkerarm is om sy nek en sy huil teen sy gespierde bors. Hy hou haar vas en voel hoe sy hart sy borskas uitmekaar skop. Sy hou op met huil, snik net liggies, sy lig haar betraande gesig op, die groen oë swem wasig. Haar linkerhand klem sy kop vas, trek sy gesig af en twee paar lippe sluit teer opmekaar. Eers versigtig, voelend en dan hongerig.

Dit is hy wat eerste wegbreek, stadig trek hy sy kop terug, haar wimpers nou oop en hy verdrink in die groen oseaan van haar oë. "Belowe my jy sal nie weggaan nie?"

"Hoe kan ek nou en na dit wat jy gesê het? Maar hoekom so skielik, en nou?"

"Dit is wat met Dawn gebeur het en toe Laura, wat my laat besef het niemand is seker wat met jou kan gebeur nie en ek is ook 'n normale mens. Ek was so vol van myself, my status en rykdom dat ek die liefde misgekyk het. Toe Chantal my vertel wat met Rosamund gebeur het, toe het ek besef watse goeie mens jy is en watse leë persoon ek is. Sal jy my asseblief kan vergewe?"

Hy staan op en trek haar orent. Hulle smelt teenmekaar en hy soen haar, soen haar soos hy soveel keer in sy drome gedoen het. Hand aan hand stap hulle terug na die huis, waar 'n wydlaggende Patat hulle stormloop. Sy spring in Donald se arms, druk hom styf vas, "Vatti." En dan steek sy haar arms uit na Marba wat haar met 'n verheugde gesig ontvang.

Die res van die middag snel verby en na 'n ligte ete staan Donald op. "Ek het nou nie 'n keuse nie, ek sal moet huis toe, die klomp pote kan enige ding aanvang want Anneline het hulle in die bek geruk. Dan is daar die ding van Brenda en dit was vir my net so 'n massiewe skok."

Marba staan ook op, frons en vat sy arm. "Brenda?"

Dit is Chantal wat tot sy redding kom. "Fred beweer dat sy niks met hom te doene wil hê nie omdat sy kwansuis verlief is op Donald. Toe date hy Anneline en daar gebeur dieselfde ding en ek dink nou haat hy vir Donald."

Marba lig haar wenkbroue, lag geforseerd en kyk ernstig na Chantal. "En jy ook, nè?"

"Dalk so bietjie, maar ek staan geen kans teen jou nie."

"Hokaai dames, stadig nou ek is nie 'n damn stoetbul nie. Ek weet wragtig nie wat aangaan en hoekom nie." Donald se wange is rooi en hy is duidelik ongemaklik.

Marba vat hom aan die hand en tel Rosamund met die linkerarm op. "Kom my Patat, dit is duidelik dat jou Vatti in die sop is, dalk moet jy nie meer Donald wees nie, maar Don Juan." Dit skud hom, maar voordat hy iets kan sê of doen haak Chantal aan sy anderkant in.

"Ontspan nou asseblief, jy het niks gedoen nie, dit is ons wat soos 'n klomp bakvissies te kere gaan. Behalwe natuurlik Marba en eintlik skuld jy my, Brenda en Anneline heelwat."

"Sjee, ek weet van 'n hele paar maar wat het jy aan gedink?"

"As dit nie vir ons origheid was nie, dan het Marbatjie nog neus in die lug geloop en jou asem het gejaag." Sy lag, Don volg haar, Marba bloos hewig en sy gaan sit weer met haar hande voor haar gesig.

"Jy is reg, ek sal julle moet nooi vir 'n reuse braai, of wat?"

"Ja en ons vir 'n opvoering vat."

"Watse opvoering nogal?"

"Die volgende keer dat Steve Hofmeyer weer in Oos Londen optree."

"Dit doen ek met graagte, julle moet my net betyds laat weet."

"Ons sal en jy moet laat weet van die braai. Maar dit sal wees nadat Patat haar gehoorstuk gekry het, ek dink sy sal dit baie geniet."

"Oraait, sê jou wat, as sy dit het dan vat ek julle na die volgende vertoning, maak nie saak waar."

"Akkoord."

"Ons kan een van my ouers se vliegtuie gebruik en dit sal my bydrae wees." Marba staan op en Patat steek weer haar arms uit.

"Nou goed julle, dan maak ons so. Enige idee wanneer Patat sal gaan vir die gehoor ding?"

"Ons moet Donderdag daar wees."

"In Switzerland, heng ek glo nie ons sal dit op so kort kennisgewing kan doen nie. Hoe gaan ons vir haar 'n paspoort kry en op watter naam?"

"Nee Professor Hansen is hier in Port Elizabeth, hy is 'n boorling van die Baai."

"Dan sal ek sorg dat ek hier is en ons ry met nuwe bakkie."

"Nee, as jy weggaan dan gaan Fred snuf neus kry."

"Dit is hoekom ek hier is. Groet nou en ry dat jy nie te laat is nie my lief."

"Dit is na 22:30 as Donald agter die huis stilhou. Hy frons want daar brand nie lig of niemand kom nader. Hy vat 'n paar sakkies, stap agterdeur toe en die stem ruk hom tot stilstand.

"Staan doodstil Spies en moenie eers hard asemhaal nie." Die lig is verblindend in sy oë en met 'n sinkende gevoel in sy bors weet hy dat hy magteloos is.

Skielik is hy kalm, doodkalm, maar hy forseer vrees in sy stem en melodramaties steek hy sy hande skouerhoog op. "Wie is jy en wat wil jy hê? My beursie is in my hempsak, jy kan alles kry." Hy laat sy regterhand sak maar net laag genoeg om die gooimes agter sy rug te kan gryp.

"Nee ek wil nie jou geld hê nie, hond. Ek soek jou lewe en ek gaan jou stadig laat vrek. Staan doodstil en kyk daar na die boom waar jy en jou mense altyd sit. Kyk in die ander flits se lig?" Nog 'n lig gaan aan, beweeg na die banke en in die ligstraal lê die bebloede liggaam van ou Jan.

Woede vlam deur hom, blitsig sak hy tot op sy hurke af, sy regterhand omsluit die gooimes se hef, daar's 'n harde klap geluid. Die skerp lig skyn op die grond, die ander lig beweeg rollend aan en dan praat Jim. "Stadig Setebele, ek het hom met die kierie gekap, kom ons kyk na Jan."

"Ek wil eers sien wie is dit." Jim tel die flits op en laat dit op die liggaam skyn. "Verdomp, is die man mal en dit net omdat ek hom een hou geslaan het?" Donald hurk by hom, voel in die man se sakke, kry 'n skoon sakdoek en maak sy hande agter sy rug vas.

"Sjee, ou Jan is okay, net sy kop bloei te veel. Maar hy is besig om wakker te word en ons sal kop se bloed moet stop."

"Gaan kyk waar is ou Mieta, help my om die vent in die buitekamer te kry en dan vat jy ou Jan dokter toe. Vertel storie van dat die perd hom geskop het of so iets. Sien die ou word wakker. Kry hom weg en voor julle ry kom kry kontant."

Die Mahindra is ongeveer ses minute weg voordat Zeeman begin roer. Dit is eers nadat Donald vyf liter kraanwater oor sy kop omkeer dat hy proesend wakker word. Hy spook en swets maar die sakdoek hou. "Wat maak jy, maak my dadelik los!"

"Luister hier, en luister mooi, ek slaan jou hierdie keer met die regtervuis en weet jy waar?" Selfs in die lig van die 32 volt gloeilampie kan Donald sien hoe hy verbleek. "Ek slaan jou onder die neus en dit dryf jou neusbene op tot in jou harsings. Wil jy dit hê?"

Die man skud sy kop heftig, daar is die skerp reuk van urine en 'n nat kol versprei tussen sy bene. "Nee! Nee ek sal praat moet my net nie weer slaan nie. Asseblief."

"Goed. Hoekom het jy my werker geslaan, wat soek jy op die plaas en vertel my van die kind?"

"Hoe ... hoe weet jy ek weet van die kind?" Die sweet tap hom nou af en die kol op sy broek word groter.

"Dit maak nie saak nie, wat saak maak is dat jy praat, en vinnig praat."

"Dit is die buite-egtelike kind van my pa Trevor by 'n vrou van 'n Russiese diplomaat in die Republiek. Sy het die baba in een van die mindergegoede huise in King Williams Town gekry en een van hulle werkers, 'n Rus by die naam van Boris Romanski, het die kind grootgemaak. Hy het begin eise stel en nie my vader of die vrou wou instem nie. Hulle het opdrag gegee dat die kind, sy was doof omdat Boris haar so teen die kop geslaan het, moet sterf. Gary Nolan is betaal om dit te doen, maar sy moed het hom begewe en hy het haar op die ashoop gelos. Sy sou so van blootstelling sterf of dalk sou van die plaaslike mense haar as hulle eie grootmaak of aan die Pakistanis verkoop."

Die woede spoel so erg deur Donald, dat hy sy oë sluit, en dit was 'n fout. Langs Trevor op die vloer lê daar 'n spitgraaf, hy vat die steel tussen sy gebind hande vas, spring op en swaai na Donald. Dié tol om en slaan na die man, die hou laat die graaf uit sy hande val en Trevor val pap op die vloer. Sy bene ruk 'n paar keer, die kop kantel en dan is Zeeman stil

"Verdomp. Wat de hel het ek gemaak?" Hy laat sak sy hand, die regterhand. "Jy het geweet die papperd se hande was vasgemaak, hoekom slaan jy hom met die regterhand?"

"Ek dink dit was instinktief, nie doelbewus." Die stem kom van die deur af, Donald swaai om en word yskoud.

"Dit is jou broer, Brenda. Ek het jou broer dood-geslaan."

Sy knik haar kop, stap vorentoe, buk by die stil liggaam, voel met haar regterhand aan sy nek en kom orent. "Ja, my stiefbroer en 'n mal, maniak. Jy kan nie raai hoeveel keer ek sy vieslike pote van my afgebid het nie, of sy vieslike voorstelle moes aanhoor nie."

Hy stap nader, vat haar liggies aan die linkerskouer.

"Wat maak jy hier Brenda?"

"Ek het jou om verskoning kom vra. Marba het my vertel wat tussen julle gebeur het en wat nog gaan gebeur. Jy ... julle, verdien dit en ek bedoel dit."

"Gedink jy haat my oor daardie eerste hou, en nou?"

"Dit is Pieterse se spul leuens. Hy het my beskuldig dat ek op jou verlief is en dat jy daaroor lag. Maar vergeet dit, wat gaan jy, ons, maak met sy lyk?"

"Sal die polisie moet bel, wat anders?"

"Dan gaan daardie klomp jou toesluit en enige klagte teen jou uitbring, Nee ons sal dit moet versteek, en ek weet waar."

"Besef jy wat jy sê en die omvang van jou woorde?"

"Natuurlik besef ek dit. Het jy 'n beter voorstel?"

"Het Pieterse geweet van alles en hoe het jy dit uitgevind?"

"Ek wou met Fred gaan praat en hoor oor die leuens oor jou. Sy deurklokkie is stukkend en daar was lig in sy kombuis. Ek het hom hoor praat en met wie hy praat want sy foon se luidspreker was aan. Ek wou jou bel en waarsku maar my sel was weg en ek het by huis gaan soek. Ek moes orals soek en het dit saam met die kaas in die yskas gekry."

"Oulike plek vir 'n selfoon." Hy lag saggies, vat haar hand en stap die kombuis binne. "Sit, ek skink vir jou iets om te drink. Dalk 'n stewige suigsel whisky en melk."

"Dankie, ek het dit nodig. Wat gaan ons maak?"

"Jy wou dit weggesteek het, waar het jy gedink?"

"Daar is 'n ou put wat vol gemors is, dalk 'n klip aan hom vasmaak."

"Nee dit sal nie werk nie, die reuk kan dit verraai."

"Wat het jy gedink?"

"Ek gaan dit in Fred se tuin versteek, rooi peper op my spore gooi en dan sal hy moet verduidelik."

"Dit klink goed maar hulle sal eerste by jou kom soek en wat gaan jy sê?"

"Ek sal op die plaas wees, hulle kan maar kom en snuffel. Sal net alles in die gebou skoonkry."

"Was dit nie Marba wat in jou lewe is nie, dan kon ek jou alibi wees."

"Ek sou dit waardeer het maar dalk moet jy ry, ek gaan net eers die liggaam wegkry."

Hy stap saam tot by haar ligte bakkie. Sy klim in, trek hom aan sy baard na haar wagtende mond, wip en soen hom, lank-driftig. "Daar is nog iets wat my hinder, Cathcart is nie so groot nie, hoe gaan jy ongesiens daar kom?"

"Die huis is in die buitewyke, ek sal iewers stilhou, dra en hoop iemand sien my nie."

"Hy is swaar Don, kan ek nie help nie? Die Opel Corsa dreun stiller en as iemand ons sien, kan ek sê ons is op pad om Fred te gaan sien?"

"Hel, wanneer jy uit die tronk gekom?" lag hy en staan effens weg. "Kan jy naby die plek gaan stilhou, ek kry 'n paar ou sakke om onder hom te gooi."

'n Uur later ry Brenda versigtig en stadig weg van Fred se woning. In die straatlig is haar gesig wit en bleek. "Is jy reg meisiekind? Ek dink jy moet 'n stywe dop daarby my sluk. Wat sê jy?"

"Ek moet erken ek het meer as een dop nodig. Hy was 'n onmens maar ons het tog dieselfde van gedra en soms in dieselfde huis gekuier. Natuurlik wat dit makliker maak is as ek onthou van sy vieslike voorstelle en dade. Nee, dis maar net grillerig."

Sy ry die oggend so ongeveer vier uur weg, hierdie keer duur die groet langer, hulle staan by teen die Corsa, sy dwing haar ryp liggaam teen syne en haar mond is 'n lewende orgaan. Dan draai sy om, ry vinnig weg en sit die noodligte twee keer aan.

Hy maak koffie en gaan sit op die ou plek onder die kareebome en dink, nie aan Zeeman nie, maar aan Marba Silver. Kort daarna daag sy manne op. Tydens koffie vertel hy hulle wat gebeur het en vra Jan uit oor die beserings. "So na koffie maak skoon, baie mooi skoon en Jan jy moet maar by die huis rond werk of gaan slaap bietjie."

"Sjee, Donnie eks nie 'n blerrie ouman nie en ek het baie werk hier," grom die ou en onder gedempte gelag spoel hy sy beker onder die kraan uit.

Donald staan op. "Jim ek dink jy moet waentjie laai, dat ons die vleikamp se drade nagaan. Ek wil sand, klip en sement bestel. Ook sink en die ander goed. Ek wil Patat se kamer groter maak en haar eie badkamer aanbou."

Die selfoon in sy bosak lui, hy haal dit traag uit en as hy Marba se nommer sien antwoord hy haastig. "Môre. Jy is vroeg op."

"Luister nou en luister mooi, meneer Cassanova. Ek weet dat Brenda vanoggend by jou plaas weg is ... nee moenie eers probeer verduidelik nie. Ek was so verkeerd en 'n dwaas. Bly weg van my, Rosamund of Chantal. Ek het reeds 'n hofbevel gekry."

"Ek verstaan nie, ek kan verduidelik oor..." Die selfoon klik in sy oor en hy staar verdwaas na die toestel. Teleurstelling, skok, hartseer en woede klop aan die deur van sy hart, maar dit is trots wat wen. Hy stap met driftige hale na sy kantoor toe, probeer haar bel, maar die selfoon is dood. Hy gaan sit en vat die gewone telefoon. Hy los 'n boodskap dat Anneline hom bel sodra sy uit die hof kom. Hy stap stoor toe en kortaf, sonder om ongeskik te wees, vertel hy Jim dat hy met die perd gaan ry.

Hy is skaars 'n halfuur weg, of die selfoon in sy bosak vibreer, hy kyk na die skerm en trek die perd in. "Anneline, baie dankie. Jy klaar by die hof?"

"Ek is, maar Fred en die hele polisie mag soek na jou." Haar stem klink vreemd so asof sy voor 'n hol voorwerp praat

"Hoekom nogal?"

"Hulle het die lyk van Terrance Zeeman gekry en dit lyk of hy met 'n stomp voorwerp doodgeslaan is."

"Oo. Jy verwag seker nie ek moet hartseer wees nie?" Sy oë vernou en hy weet dat sy nie alleen is nie.

"Nee natuurlik nie, maar jy klink nie of jy veel omgee nie."

"Hoekom sê jy so?"

"Jy nie eers gevra waar is hy dood nie en so aan."

"Ooo, nou waar is hy dood?"

"In Fred se agtertuin."

"Oo, het Fred hom doodgeslaan met 'n stomp dinges?"

"Nee. Jy is snaaks nou." Hy kan aan haar stem hoor dat sy dik van die lag is en hy boor voort.

"Nou hoekom bel jy my, ek kuier nie by Pieterse of is ook nie van plan om daar te kuier nie. Ek het nie tyd vir sulke tydvermorsing nie."

"Goed, maar hoekom het jy my gesoek?"

"Ja, ek wil 'n testament laat optrek en hier is sekere goed wat ek aan sekere mense wil bemaak. So as jy kans kry sal jy 'n draai kan maak, of kan ek later inkom? Maar ek sit op die oomblik op die perd en is op pad na die bergkamp, ek vertrou nie die nuwe beeste nie. "

"Goed ek sal jou later bel, moet nog 'n paar dinge afhandel. Baai."

"Baai." Hy grynslag, sit die selfoon terug en ry verder.

"Sjeik, ek wed jou 'n suikerklontjie sy bel voor ons by die draad klaar is. Maar Sjeik wen loshande want nog voor hulle by die draad is, vibreer sy selfoon weer.

"Jy is vlymskerp nè?"

"Vermoed jy was nie alleen nie en het maar saam gespeel. Wie was by jou?"

"Fred en 'n klomp offisiere, hulle is taamlik bedroë en druipstert hier uit."

"So, wat is hulle storie en wat nou?"

"Ou Fred is taamlik flou en hy hol rond met flou verduidelikings. Wou jou die skuld gee, maar almal in die vertrek kon duidelik hoor jy weet van niks en is onskuldig. Maar daar is iets anders wat opgeduik het en baie belangriker as dit is. Die hooflanddros van Oos-Londen het my gebel en ek wil nie oor telefoon praat nie. Is jy namiddag tuis, dan kom ek oor. Jy kon na my ook kom maar dis praatjies en dit is op die stadium onnodig."

"Ek wag vir jou, wil jy saam waterval toe gaan of braai ons hier by die huis?"

"Die waterval klink great en wat kan ek saambring?"

"Slaai as jy wil, ons ry met jeep soontoe. Ek het die pad reggemaak."

"Goed dan sien ek jou so na drie se kant as dit reg is?"

"Veilig ry en bring jou bikini saam."

"Jy is 'n ander een. Ek is die draer van slegte nuus en jy wil sports maak."

"Okay jy is seker reg, los die bikini en ons swem eerder kaal."

"Sjoe, watter kleur bikini moet ek saambring?"

"Die rooie?"

"Ek maak so, enige iets anders? Dalk kan ek brood of so saambring?"

"Kom jy net soos jy is en ek neem aan dit is in verband met Patat?" Hy kan hoor hoe hard sy haar asem insuig en dan praat sy sag.

"Jy het dit verwag?"

"Ja, maar was nie seker of dit sal realiseer en so gou ook nie."

"Ons praat later en asseblief probeer nie oor enige iets praat nie."

"Met wie"? Basies net jy en Brenda wat nog met my praat?"

"Dit is so ongelooflik en rustig hier. Maar voor ons gaan swem wil ek jou eers vertel wat gebeur het, en gaan gebeur."

"Asseblief en net die kernpunte, die res kan ons later oor uitbrei."

"In kort, Rosamund gaan by Marba bly, haar van ook kry, sy gaan na Zurich toe en Marba betaal alles. Jy mag nie nader as 'n straatbreedte of 'n straatblok van haar kom nie en ook nie naby skool kom nie. In kort Rosamund bestaan nie meer vir jou nie behalwe in jou gedagtes."

Hy kyk haar lank en stil aan, sy aantreklike gesig koud en hard. "Geld kan ook alles in die damn land koop nè?"

"Dit is so en ek is so jammer vir jou Donnie, ek weet hoe lief jy klein Patat gekry het. So jammer dat alles met jou gebeur." Sy sit haar hand op sy gespierde bors. "Daar is ook 'n amper soortgelyke bevel teen Brenda uitgereik."

Hy skud sy kop meewarig. "Ek gaan jou vertel wat het Brenda so laat, of is dit vroeg, by my gemaak. As jy wil weet?"

"Asseblief."

Sonder om sy gesig weg te draai vertel hy haar presies wat gebeur het. "So sy is medepligtige in die verberging van die liggaam en natuurlik die ander dinge."

"Hoe het jy hom met die vuis doodgeslaan en hoeveel houe?"

Hy frons en skud sy kop. "Net een hou, ek het hom mos al gewaarsku."

"Was dit met die regterhand?"

"Ja ek het nie geweet wie dit was nie, die lig het my verblind en ek het gedink ou Jan is dood."

"Sjoe, ek verstaan en wonder wie het Marba vertel dat Brenda so vroeg by jou was?"

"Ek dink ek weet wie dit is. Sy het dit genoem dat dit snaaks is om dokter Jacky Rose se motor so laat voor die klub te sien staan."

"Wie anders is by die klub daardie tyd van die nag?"

"Nou toe ek het nooit daaraan gedink nie. Altyd vermoed maar nou versterk dit my vermoede, is net ouman Peter Zeeman, dit is eintlik sy klub en hy slaap baie daaroor. Hy het 'n super luukse tweeslaapkamer woonstel daar. So 'n ou hings, tensy hy dalk siek gevoel het, maar ek dink sy siekte was 'n ander soort van siekte."

"Nou kom, ek kry warm en die water lyk heerlik." Hy kom orent, sonder om na haar te kyk, stroop hy sy kostuum af en duik nakend die water binne. Hy swem tot by die oorkant en kyk na haar. "Kom jy of nie?"

Anneline staan stadig regop, sy lyk ongelooflik mooi in die skrapse rooi bikini. Sy kyk stip na Donald, haar hande raak agter haar rug doening, die bostuk klou 'n oomblik verbete aan die twee pieke vas, val af as sy buk en die broekie aftrek met blosende wange staan sy 'n oomblik, bewus van die waardering en bewondering op sy gesig, en duik dan die water binne. Anneline swem met gemaklike hale na hom toe. Sy kom orent en stap in sy wagtende arms. Met 'n snakgeluid sweis hulle monde aan-mekaar vas en die naakte liggame smelt teenmekaar.

Dit is later, heelwat later, toe Donald die rooster met wors aan die gloeiende kole bied. Voor dit gaar is verstrengel hulle weer inmekaar en 'n tyd daarna eet hulle slegs die slaai en brood, die houtskool wors word op 'n plat rots agter gelaat. Dit is na 23:00 as

Anneline by die hek uitry en die motor se neus in Cathcart se rigting stoot. Daar is 'n salige gevoel in haar liggaam en 'n lied in haar hart.

Donald draai om, hoor Bruno se naels op die leiklipaadjie krap en hy raak die hond se kop aan. "Jou miesies is weg oubaas se honnes, die vrou wat haar gesteel het, dié het ook my hart gesteel en daar is niks wat ons daaraan kan doen nie."

Die huis voel eensklaps so leeg, leeg en stil. Hy stap na die kamer waar Rosamund geslaap het, verbeel hom hy kan haar hoor mompel, ruik haar kleindogtertjie geur en daar is opeens 'n groot gat in sy bors. Hy draai om, stap na sy kamer en sit op die bed. "Hoekom en waarom?"

Daardie twee vrae sal hom teister en soms voel asof hy die kranse kaalvoet kan uitklim. Dit is nou reeds vier jaar sedert hy Patat by Chantal afgelaai het en ook toe Marba haar liefde aan hom erken het. Al nuus wat hy hoor is die brokkies en skerfies wat hy van Brenda en Anneline hoor. Annelien se besoeke het die afgelope twee jaar geleidelik verminder en die van Brenda op 'n manier vermeerder.

Hy sit buitekant onder die sesmaande oue grasafdakkie en kyk hoe die son besig is om in die westerkim se wolkwaters te verdrink. Hy het reeds die vuur aangesteek, nie omdat hy Brenda verwag nie, maar omdat hy elke Vrydag en Saterdag braai.

Langs hom knor Bruno, spring dan op en wag stertswaaiend, totdat Brenda se Mercedes SEL 500 by die voorhekkie tot stilstand kom, dan hardloop die hond nader, maar steek vas as beide van die luukse motor se deure oopgaan. Hy hoor Brenda se vrolike uitroep en dan kom sy en 'n vreemde man aangestap. Hy kom orent, loop nader en verberg die geamuseerde uitdrukking op sy gesig.

"Hello Donald, dit is Tristan Watson, dokter en hy is die veearts wat so jaar en half gelede hier kom praktiseer het. Tris, jy weet van Donald." Sy soen Donald op die wang, vermy sy oë en die twee mans gee hand.

"Welkom Tristan, ek is bly ek het jou nie al vroeër ontmoet nie." Brenda trek haar asem geskok in en Watson word rooi in die gesig. "As ons eerder ontmoet het beteken dit dat van my diere siek was." Die twee lag verleë en spontaan saam.

"Kan ek skink? Sit asseblief."

"Nee dankie Donald, ons het jou net persoonlik kom uitnooi na ons troue volgende Saterdag. Sal jy kan kom asseblief?"

Hierdie keer vermy hy haar gesig, knik sy kop en vat die kaartjie wat sy uithou. Hy maak die koevertjie oop, lees vlugtig en sit dit in sy bosak. "Mooi kaartjie en ek sien dit is 'n dubbele troue, jy en Anneline saam. Pragtig, ek gaan my bes probeer om daar te wees. Julle seker julle wil nie iets drink nie?"

"Nee regtig Spies, ons kan nie en moet nog by raadslid Westerbrook aangaan, hy het ons uitgenooi vir ete. Baie dankie." Watson vat Brenda se arm, steek nie sy hand uit nie en stap haastig na die motor.

"Baai Brenda en jy ook Watson." Sy lyk verward en skaam as sy oor haar skouer na hom kyk. Hy stap nie saam nie, snaaks genoeg Bruno het nie eers sy kop opgelig nie. Die oomblik toe die motor wegry, draai Donald om en gooi die kaartjie in die vlamme.

"Dalk is dit jou voorland Brenda, die is wel 'n veearts maar ek sal hom nie eers aan 'n beesvel van my laat raak nie."

In stilte braai hy en eet sommer sy stuk wors en skaaprib by die vuur. Hy sit en suig stadig aan sy Klipdrift en fonteinwater en dink aan Marba en Patat. "Waar is julle twee en hoe gaan dit nou. Of is jy ook al getroud?" Die skril geluid van sy selfoon onderbreek sy gedagtes. Hy tel op en pers sy lippe verras saam. "Naand sê, dit is 'n verrassing."

"Naand Donald, was Brenda by jou met die kaartjie?"

"Dit gaan goed Anneline dankie en baie geluk met die aankomende huwelik. Glo jy sal gelukkig wees."

"O, ek weet so en hy is 'n baie goeie man. Sien ons jou by die troue?" Haar stem is sag, maar onseker.

"Anneline, wat dink jy en wat verwag jy?"

"Ek weet jy sal nie kom nie en ek neem jou nie kwalik nie. Ek het nie mooi gemaak nie Donnie, maar ek het hoeveel jaar teen die skim van Marba geveg en hard ook, maar jy het haar steeds lief. Sal haar altyd liefhê en nie ek of Brenda het ooit enige kans gehad nie. Verstaan jy dit en kan jy my vergewe omdat ek so lafhartig was?"

"Ja, hoe dan anders." Hy aarsel en praat dan sagter. "Is jy alleen?"

"Ja ek is, die mans is buite by die vuur."

"Jammer jy het weggebly, ek het jou begin lief kry, meer as wat ek beplan het, dink dit kon werk maar toe bly jy weg en nou gaan jy trou. Nee ek sal nie troue toe kom nie. Ek glo nie ek sal dit goed kan vat nie. Jy moet gelukkig wees Annie, baie ook. Totsiens."

Hy verbreek die verbinding en ledig die glas.

Aan die anderkant, laat Anneline die selfoon verdwaas sak, glip in die badkamer, grendel die deur en dan huil sy, sag maar rou. "Ek was so simpel, so dwaas. Totsiens my liefling, totsiens."

Tien minute later sluit sy by die geselskap aan, ontvang haar wyn by Kevin Theron en hy druk haar teen hom vas, sy kyk op en direk in die oë van Brenda wat haar vreemd aanstaar. Die vleis is byna gaar as Brenda by Anneline gaan staan. "Jy het met hom gepraat, nie waar nie?"

"Ja ek het en hoe weet jy dit?"

"Jou gesig en jou oë het dit verraai. Ons is twee fools nè Anneline, lief vir dieselfde en tog trou ons met iemand anders."

"Ja jy is so reg, maar kan ons teen Marba veg, haar skoonheid en haar alles."

"Ek wonder hoe gaan dit met haar en klein Patat, dit is meer as vier jaar nou."

Die geluid van 'n motor weerklink bokant die gepraat om die vuur, die ligte spoel oor die klomp mense en twee motordeure gaan oop. Raadslid George Westerbrook stap vorentoe, stemme weerklink, die van 'n vrou en 'n kind.

Dan verskyn die drietal in die ligkring en dit raak grafstil om die vuur, as Westerbrook., Marba Silver en 'n meisie van so tien vassteek.

"Hello julle almal en dalk kan julle vir Rosamund onthou, of van haar gehoor." Marba se stem is lig, vriendelik en duidelik vol trots

Die pragtige swartkop meisie glimlag, maak 'n effense buiging en haar stem is helder as sy praat. "Goeie naand al julle mense en vir die van julle wat nie weet nie. Ek is Rosamund Silver en aangename kennis." Daar is byna 'n geskokte stilte, want haar Afrikaans is suiwer en aksentloos

Hoofstuk 9

Die mense herstel van hul verbasing, groet die beeldskone Marba en haar ewe pragtige nuwe dogter. Selfs die agter-die-hand-praters, is vriendelik, gretig en alhoewel skeef, krom is die Afrikaans verstaanbaar.

Dit word belangstellend uitgevra, nuus versprei en uitgedeel, duidelik is die wind uit die meeste se seile geneem.

"Dit lyk asof julle 'n spesiale geleentheid vier en ons wil nie ongenooid oortree nie, sal net groet."

"Nee! Asseblief bly Marba, julle is meer as welkom en dit is tog jou vriende ook. Ons vier twee van ons vooraanstaande paartjies se verlowing." Hy sien die verbasing op Marba se gesig en glimlag breed. "As julle reg is kan dokter Jacky dalk die aankondiging doen."

"Baie dankie raadslid George, ander vriende en ook Marba, met haar pragtige dogter. Welkom julle almal en dit is vir my 'n groot voorreg om die verlowings tussen Brenda Zeeman en dokter Tristan Watson, dan Anneline Potgieter en dokter Kevin Theron! Lig julle glase en dan sing ons. Hiep! Hiep...!"

Na die gelukwense bedaar het en die gaste klaar die ringe bewonder het, breek hulle in groepies op en dit is hoe Marba by Brenda beland. "Jy lyk pragtig, so ook jou ring en ek is bly om jou dokter te ontmoet, hy lyk na 'n goeie man."

"O, hy is Marba en ek is so gelukkig. Is daar al iemand in jou lewe, as ek mag weet?"

"Nee niemand... Ek is verbaas ek het gedink jy en hy sal die toutjies knoop."

"Hy, jy bedoel Donald?" Marba knik slegs en drink 'n slukkie van haar sjampanje.

"Nee, daar was nooit iets ernstigs tussen ons nie, ek moet erken ek wou bitter graag iets laat ontwikkel. Maar hy sal net een persoon in sy lewe bemin en ek het dit gou besef."

"Hmm, julle het dan 'n stomende ding aan die gang gehad. Die aand van jou stiefbroer se onverklaarbare dood, het jy dan amper ligdag van sy plaas vertrek?"

Brenda vernou haar oë 'n breukdeel van 'n sekonde en versigtig vat sy Marba se arm.

"Het jy tyd? Ek wil jou iets vertel, net vir jou ore."

"Natuurlik, kom ons stap na my motor, ek wil 'n vinnige rokie maak."

"Nie geweet jy rook nie en dankie ek sal ook een saamrook. Tristan verafsku rook, maar dit sal seker 'n tydjie vat en ek het dit vanaand nodig." Hulle steek vas by 'n silwer Lamborghini en sy fluit saggies. "Sjoe wat 'n pragstuk."

"Dit is nie juis bedoel vir ons paaie nie, maar ek en Rosamund het, so twee jaar gelede op 'n motorskou in Monaco, op die gevaarte verlief geraak. Effens te windmakerig maar 'n ongelooflike motor is die Urus beslis. As jy wil kan ons later 'n draai maak, ek weet jy lief sulke motors en spoed nes ek."

"Dit sal so lekker wees en sal jou laat weet, hoe lank is julle hier?"

"Sal seker die hele Desember skoolvakansie hier wees. Op die plaas natuurlik, die een tussen Stutterheim en hier. Maar jy wil my iets privaat vertel het oor die nag van Terrance se dood?"

"Ja ek wil en ek moet. Ek voel so skuldig omdat ek dit geheim gehou het. maar ek was so teleurgesteld en verdwaas. Wat ek jou gaan vertel kan oneindige en lelike gevolge hê."

"Ek verstaan en jy kan nie jou geluk met Tristan verongeluk nie." Brenda kan die fyn spot in Marba se stem hoor, maar ignoreer dit.

"Nee Marba dit het niks met my nuutgevonde geluk te doen nie, dit is eintlik 'n bekentenis wat ek lankal moes gedoen het. maar ek wou so graag Donald se liefde wen en besit, maar dit was tevergeefs en ek het besef dat hy slegs 'n een-vrou-man sal wees."

"Wat bedoel jy Brenda en wie is sy nogal?"

"Kom ek jou vertel wat daardie noodlottige aand gebeur het en dit is wat werklik plaasgevind het. Terrance was 'n onmens en geen vrou was veilig teen hom nie, self my ma Donna was een van sy slagoffers, as jy dit so kan noem."

Marba druk met haar hande op die Lamborghini, skud dan haar kop hewig heen en weer, die raafswart hare, maak 'n steenkoolblink waterval.

"Jy bedoel daar was niks tussen julle nie en dat hy Terrance, in selfverdediging met die vuis doodgeslaan het?"

"Ja een hou met die regtervuis en die ironie was dat hy Terrance gewaarsku het oor daardie vuis. Hy wou die polisie in kennis stel maar ek het hom afgeraai en ons het die lyk in Pieterse se erf gaan plaas. Ek is jammer ek moes jou vertel het, daar was niks tussen my en Donald behalwe vriendskap." Sy bly stil as die vrou in trane uitbars, stap nader, vat haar om die skouers en druk haar vas.

"Ek was meer as 'n dwaas, ek was 'n jaloerse heks. Hoe kan ek vier jaar se hartseer en eensaamheid vergoed of teruggee? Hoe kan ek Rosamund se trane en hartseer nou stil? Weet jy Brenda na meer as vier jaar, daardie kogleêre operasie in Switzerland was so suksesvol, praat sy elke aand van hom. Vra my 'Mamsie waar is my Vatti dan, ek verlang so na hom en wil so graag sy stem hoor? Wil daardie sagtheid in sy oë, die mooi glimlag op sy gesig, sy tere aanraking sien, voel en weer sy stem hoor.' Brenda, dan gaan huil ek in my kamer, druk my gesig in die kussing en huil omdat ek hom nie 'n kans gegee het nie. Wat gaan ek maak Brenda, ek en Rosamund het hom nodig, so bitter nodig? Gaan hy nog met my praat en gaan hy my glo dat ek hom liefhet, dat ek so opgetree het omdat ek jaloers was?"

"Ek weet nie Marba, ek weet nie. Hy het so ongelooflik bitter, stil en eenkant geraak. In die tyd wat ek hom leer ken het, kan ek op my een hand tel die kere wat hy geglimlag het, dit gaan meer wees as die tye wat hy gelag het. Dalk kan Rosamund hom uit daardie kors van eensaamheid en verbittering kry."

"Dink jy dit kan werk, kan ons dit probeer? Ek sal dit dadelik doen, net môre ook." Marba maak die motordeur oop, gly na binne en by die motorspieëltjie herstel sy die traanskade aan haar gesig.

"Ek dink dit kan, nee dit gaan beslis werk. Maar ek het nie veel met Rosamund gepraat nie, sy lyk na 'n oopkop kind en dalk moet jy eers haar toestemming kry?"

"Ja, jy is weereens reg en ek sal haar môreoggend vra, ek weet sy sal graag haar Vatti weer wil sien."

"Nee mamsie, ek gaan nie."

"Nee, jy wil nie jou Vatti sien nie, ek kan dit nie glo nie?" hulle sit by die ontbyttafel en eet muesli en gegeurde melk.

"Nee mamsie en my hart is bitter seer. Ek dink as ons klaar is met ontbyt gaan ek my perd vat en ry."

"Waarnatoe wil jy gaan liefie?"

"Waar ek alleen kan huil, dit is waar ek wil gaan."

"Huil, alleen en hoekom?" Marba staan op, stap om om om nader aan Rosamund te kom, maar dié vlieg op en gaan staan in die kombuisdeur.

"Moenie nou naby my kom nie, asseblief my mamsie."

"Hoekom nie?"

"Want deur jou trots en hardkoppigheid, het jy my van Vatti vervreem en deur jou jaloesie het jy jou liefde vir langer as vier jaar weggegooi. Dit is hoekom, mamsie."

"Nee, ek is jammer en ek het net goed probeer doen., ek wou jou beskerm en versorg." Marba huil en steek haar arms uit na Rosamund.

"Mamsie ek is so lief vir jou, so oneindig dankbaar vir alles wat jy my gegee het, maar jy het die persoon wat ek die liefste in die wêreld het, daardie man het jy van my af weggehou."

Marba snik harder, sak verwese op 'n kombuisstoel neer en verberg haar gesig in haar hande. "Nee, ek het dit nie so bedoel nie, ek wou jou net beskerm. Wou nie dat jy moet agterkom dat hy, jou Vatti, 'n vrouejagter is nie."

"Is hy een, mamsie?" die vraag klap soos 'n voorslag en Marba se skouers ruk.

"Nee, ek het so gedink maar ek weet nou van beter." Sy aarsel, lig haar kop en kyk met druppende trane na die meisie. "Ek besef nou dat ek hom seergemaak het en dit is normaal as hy in die arms van 'n ander vrou vertroosting sou soek."

"En?"

"En, ek het hom soontoe gedryf en dit maak skielik nie eers seer nie. Wel by Brenda het hy dit beslis nie gekry of wou hy nie. Maar as hy iewers het, dan wil ek nie weet en dit maak ook nie saak. Maar hoe gaan ek hom terugkry en dit sonder jou hulp?"

"Klim in een van die ou bakkies en ry daarheen en vra hom om verskoning, mamsie."

"Ek kan nie, asseblief my liefie ek kan nie."

"Hoekom nie?" Rosamund se stem is sag maar die impak van haar vraag dié is nie.

"Ek ...ek ... ek weet nie hoe nie, dit is baie moeilik."

133

"Kan ek reguit met jou praat my mamsie?"

"Natuurlik kan jy my liefie."

"Ek is baie, baie lief vir jou en sal altyd bly. Jy het so baie vir my gedoen en doen dit steeds. Maar mamsie, ek glo nie jy het al voorheen vir enige iemand om verskoning gevra nie en ek twyfel of jy weet hoe?"

"Ek het hom om verskoning gevra omdat ek hom daardie tyd so sleg hanteer en behandel het. ek het hom selfs gesê dat ek hom liefhet."

"Ja jy het en amper die volgende dag verjaag jy hom sonder dat jy sy kant van die storie geluister of gehoor het. Vir meer as vier jaar hoor ek jou snags huil en tog wil jy nie net eenkeer die minste wees nie."

"Sies my liefie, ek probeer, ek gaan probeer om..."

Rosamund draai om, steek by die deur vas en kyk na haar moeder. "Moenie probeer nie, doen dit en doen dit gou. Moenie my soek nie, ek vat ou Alfred saam en sal betyds terug wees."

"Moet jy nou gaan my liefie en dit met perd? Asseblief as jy moet ry, dat Alfred jou eerder met die nuwe Land Rover vat, asseblief?"

"Dalk is jy reg, ek sal sorg dat hy reg is en ook dat een van die kombuismense vir ons kos insit. Ek sal dalk laat in wees mamsie, ou Alfred weet hoe om motorbestuurder en lyfwag te wees."

"Ek sal my bevele gaan gee en geniet dit. Solank jy my net vergewe is alles reg."

"Dit het ek mamsie, en eks baie lief vir jou."

Dit is net na na nege as die Land Rover voor Macs Rest se woonhuis stilhou en Alfred die klokkie by die voorhekkie lui. Mieta kom op haar gemak aangestap,

Bruno by haar, en dié steek vas. Met sy neus in die lug toets hy die wind, begin dan opgewonde blaf en tjank. "Bruno sie jy. Stil!" Maar die hond tjank opgewonde, die linkerdeur gaan oop, Rosamund klim uit en stap glimlaggend nader.

Mieta se oë rek, haar geplooide gesig ontplof in 'n glimlag, sy maak die hekkie oop, Bruno storm stertswaaiend tot by die meisie. "Ons klein Patatjie. Myn Liewe Here baie dankie." Die twee omhels, soort van want Bruno staan met sy voorpote teen Patat se bors, hy tjank fyntjies. Mieta huil hard en Rosamund lag deur haar trane. Binne minute is Agnes en ou Jan ook daar, die vreugde duur maklik 'n halfuur voordat dit tot bedaring kom.

Donald is besig om die laaste pyp van die windpomp te laat sak en Jim maak die windas se klamp los en Donald se selfoon vibreer. "Ja ou Jan wat is fout?" Hy luister aandagtig. "Wie het dit gesê?"

"Is ekke mos, ek is nou hier Setebele en hier is groot skade, los vir Jim en kom kyk."

"Goed ek kom en hoe weet jy dit?"

"Ander kwedien het die boodskap gebring."

"Nou wag, ek kom, los net so ek wil foto's met my selfoon vat. Daai ou ding van jou is nikswerd."

"Sjee is nie myne nie, is mos die plaas se cellphone." Jan giggel en vervolg vinnig, "Dalk moet ons nuwer goete kry."

"Toemaar ou slimmes ek kom. Jim kry jy die gereedskap bymekaar en gaan kyk wat met die fontein se se sluis aangaan. Ek kom nou." Hy draf byna na die ou jeep en 'n halfuur later hou hy agter die Mahindra stil en klim uit. Jan is nêrens te sien nie.

"Seker gaan broek losmaak," dink hy en steek by die sluis vas. Hy kyk aandagtig na die tuisgemaakte werktuig, maar sien geen fout.

"Jan waar is jy, hier's bokkerol verkeerd." Hy steek die kromsteel in sy mond, sien 'n beweging regs van hom, draai om en die pyp val uit sy mond in die water.

Sy glimlag stralend, staan 'n oomblik botstil, gee hom kans om haar behoorlik aan te gaap en kom nader.

"Hello my Vatti, ek het jou so verlang en is so baie lief vir jou." Dan is sy in sy arms en huil teen sy breë bors.

Dit is maklik 'n halfuur later dat 'n glimlaggende Jan met die Mahindra terugry huis toe en hy ry baie stadig, want ou Jan Makwena huil. Trane van geluk stroom oor sy rosyntjie wange. "Baie dankie my groot Nkosi. Ou Jan se hart huil van die groot geluk. Baie dankie."

"Wat gaan jy maak met my mamsie Marba, Vatti?"

"Ek weet nie my Patat, sy moes my nie vals beskuldig het nie. Daar is seker dinge wat ek nie maklik vergeet nie en valsheid is een."

"Ek weet een ding Vatti, dat sy baie, baie spyt is en jou baie baie lief het. Ek kan haar in die aand hoor huil, sy vergeet ek is nie meer doof nie. Maar jy moet self besluit Vatti en soos ek gesê het, sy weet nie ek en ou Alfred het weggeloop nie."

"Is goed my Patat, maar jy sal eers almal moet groet en ek sien jy het jou eie selfoon, gaan my nommer vir jou gee, okay?"

Dit is net na drie en ses oproepe van Marba as die klomp die Land Rover, agterna wuif.

"Wat gaan jy maak Donnie, die sonskyn se kind nodig jou en so ook die swartkop?"

"Ek sal nog daaroor dink. Ek weet nou Patat is veilig, sy kan weer hoor en sy het 'n naam en 'n van."

"Sy praat ook onse taal so mooi." Jan speel, wat hy hoop, 'n troef.

"Ja sy doen, manne julle moet kyk dat die perde genoeg hawe en tef het. Jim dan kyk jy die Twin cab deur, maak vol en trek voor die agterdeur. Ek gaan my goed pak, julle het genoeg kos, tabak en alles vir 'n week of twee. Ek vat die langpad en dit is dit."

"Auk, waar gaan jy heen Donnie?"

"Mieta as ek klaar gepak het, dan gaan ek die langpad vat en ry tot waar my hart my vertel. As julle geld kort laat weet my vir wat en hoeveel, dan betaal ek in Jan se rekening in."

"Hoe laat ry jy Setebele?"

"Net as ek wakker word. Julle moet net voor tjaila se tyd, kom salaris kry en Krismis se bonus. Miskien is ek terug voor die tyd, ek weet nie. So kry julle as alles reg is.

"Waar gaan jy Setebele?"

"Waar die bakkie se neus wys en dit is al wat julle moet weet. Kom dat ons klaarmaak mense en ek weet ek kan julle vertrou." Hy betaal en groet elkeen, wil die agterdeur sluit maar Mieta keer hom voor.

"Wat is dit?"

"Wat moet ek vir Patat sê as sy vra?"

"Waar sal sy hoor en weet?" Hy kyk Mieta vraend aan en dan verhelder sy gesig. "Julle het selnommers?"

"Wat het jy gedink Setebele, is mos onse hart se kind, daardie ashoopdogtertjie."

"Sê vir haar ek is reg maar ek gaan eers my kop skoonmaak en dat sy enige tyd welkom is. O, wys haar Tornado en sê dat die hings hare is, maar as sy gaan ry sorg dat Jim by is. Mooi bly julle en onthou bel vir my as daar fout kom."

Hy ry tot op Kimberley, kry 'n gastehuis, boek in en trek die dubbelkajuit by die agterplaas in. Die oggend so net na agt stap hy na die eetkamer, bestel wors, twee sagte eiers en wit roosterbrood. Dit is sonverdrink tyd as hy voor Kameelboom se opstal stilhou en uitklim as die ses wolfhonde nader storm. Hulle erken hom onmiddellik en dit word 'n kopvryf-stertswaai-groet.

Sharna McDonald kom vinnig nader gestorm, roep vrolik uit en val in Donald se arms.

"So goed om jou weer te sien en in so mooi kondisie ook."

"Hey jy, lyk ek soos 'n slagbees, dat jy my aan die haak wil sien?" lag hy en hand om die lyf stap hulle na die ruim stoep. Sukkel sal 'n beter woord as stap wees, want ses wolwe maal saam.

"Nee! Maar ek wil weer die lag om jou mond sien soos toe ek jou leer ken het, nie soos na Dad se afsterwe. Het jy die laaste van sy as gestrooi, en waar?"

"Op Macs Rest en onder 'n alleen staan wildevyboom."

"Bier, koffie of 'n Foksterriër?"

"Te laat vir koffie, te vroeg vir whisky, so kom ons stamp 'n bier. Waar's jou ander helfte?"

"Hy werk met die beeste en behoort enige tyd hier aangeblaas kom, my soen, 'n bier vat en in die swembad gaan val"

"Nou gaan trek aan jou bikini en ons loop swem in die swembad. Kan ek my sak in die ou kamer gaan sit?"

"Jip en maak gou. Ek kry jou in die swembad en ek vat die bier."

"Die bikini?" lag hy as sy met drie biere aanstap.

"Ek ken vir Gerrie, het netnou my bikini onder die denim aangetrek, roer jou gat my skat en kom spat my nat."

Hulle leun met voorarms op die swembad se rant en drink bier.

"Water is heerlik en ek hoor die ou Dodge nader gebulder kom. Heng hoekom koop hy nie 'n ander bakkie en trou met jou nie?"

"Hy sal as die eerste kind in my magie wys en die bakkie sal bly. Dit was oupa s'n, toe pa en nou syne. Dit is steeds tiptop kondisie en dit sal jy beslis vanaand of môre sien."

"Ek glo so en ja ek hoor sy stem aangebulder kom."

Gerrie Jacobs groet eers sy vrou, probeer Donald se hand vergruis, maar een kragtige pluk laat die grootman met hoed en al in die water beland.

"Swernoot," hoes en proes Jacobs, lag hard. "Vergeet van jou streke en vuilspeel, soort van swaer. Welkom, en ek bedoel dit."

"Gaan jy nou vertel boeta, of wanneer gaan jy? En ons wil alles hoor."

"Asseblief, en ek sal sorg dat jou amper sus jou nie in die rede val nie." Gerrie soen sy vrou en knipoog vir Spies.

"Daar het julle die hele storie."

"Dêmmit."

"So sweet en so heartbreaking. Wat gaan jy doen Don?"

"Ek weet nie Sharna, ek dink ek is lief vir Marba, maar as sy my kan veroordeel sonder om my kans te gee om myself te kan verdedig. Dan weet ek nie, ek is lief vir die klein vondeling maar ek het ook my eie trots. Nee ek dink ek moet plan sien om Patat meer dikwels te sien en dit sonder om terug te gaan na Marba."

"Nee jy kan nie so dink nie. Jy is lief vir Marba en ook vir Rosamund, so steek jou trots in jou sak."

"Wag ek gaan ou Mieta bel en hoor wat gebeur het, ek sal die luidspreker aansit." Hy klim uit die swembad, gaan haal sy selfoon, 'n handdoek en drie biere. "Raait kom ons hoor wat ou Mieta te sê het." Sy antwoord met die derde lui en haar stem kom duidelik oor die mikrofoontjie.

"Sjee jy vat te lank om te bel, Donnie. Patat en sy nuwe mammie soek jou sterk. Hier is Marba se nommer en phone haar nou dadelik." Sy rammel die nommer twee keer af. "Het jy hom nou?"

"Ja, ek het hom en ek sal bel. Hoe gaan dit op die plaas en wat maak die grootuiers?"

"Hulle is heeltemal reg en jy moet nou die cellphone slaat."

"Goed ek bel vir Patat. Dankie Mieta ek bel jou nou-nou terug. Baai."

"Ek dink jy moet bel, my amper swaer, die ou vrou is duidelik baie bekommerd."

Donald klim terug in die swembad, gaan staan by die selfoon, wat op die opgevoude handdoek lê. Skakel 'n nommer en Rosamund antwoord na die tweede lui.

"Hello Vati en ek is so bly jy bel. Gehoop jy sal gouer bel. Wanneer kom jy?"

"Stadig my Patat, is jou ma daar naby?"

"Ja, mamsie staan hier en sy wil graag praat."

"Het jou selfoon 'n luidspreker?"

"Ja dit is die nuutste iPhone, Vatti."

"Dankie en ek wag dat sy praat."

"Hello Donald." Die eerste keer in meer as vier jaar hoor hy haar stem en nog nooit het sy naam so soet, mooi geklink nie.

"Hello Marba en hoe gaan dit?"

"Goed en met jouself?"

"Gaan okay en nou beter. Ek wil met jou praat Marba, sien jy kans om terug te kom Macs Rest, jy en Patat natuurlik?"

"Wag eers Donald, ons verwag dat jy hierheen kom en by ons kom bly." Daar is meteens 'n gesagsklank in haar stem en Donald lek oor sy lippe.

"Ek wag dat julle na my toe kom en dit is tog waar sy eerste gewoon het."

"Nee! Jy verstaan verkeerd, sy gaan na die beste privaatskool in die Oos Kaap en dit is baie naby aan ons nuwe wildsplaas, Pinefields. Sy het haar skoolvriende en is baie gewild in die skool."

"Nee, julle kom hierheen Marba, hier waar sy begin het met 'n nuwe lewe."

"Ek wil jou net bewus maak, dat sy my van dra en dat ek gesorg het dat sy weer kan hoor. So kom hierheen, jy kan naweke na jou plasie gaan en doen wat jy wil doen."

Donald sluit sy oë, loer vinnig na Sharna, wat hom met vernoude oë aankyk. "Jy verstaan nie, jy het haar van my weggeneem en dit is hier waar sy en jy hoort."

"Ek gaan dit een keer sê en nie weer nie. Ek sal die hofbevel teen jou nietig laat verklaar, kom bly hier op Pinefields of so nie verloor jou dogter."

"Patat?"

"Ja Vatti en asseblief kom na ons toe? Ek en mamsie is so baie lief vir jou, mamsie sal nie weer praat oor wat gebeur het nie."

"Patat my ashoop kindjie, baie dankie. Dan as dit jou, julle houding is dan groet ek maar. Dit is Macs Rest of niks, is dit duidelik?"

Daar is 'n lang stilte, die drie mense kyk na mekaar as hulle die twee hoor praat. Rosamund, snik en begin huil. "Kan jy hoor wat jy gemaak het Spies? Jy maak Rosamund en vir my so seer en dit net omdat jy aan daardie verspotte ou stukkie plaas teen die berg vasklou. Vergeet dit en kom na ons, of groet jou Patat en vir my?"

Weer sluit Donald sy oë en sy stem is hard en duidelik. "Ek hoor jou hard en duidelik. Is Patat daar?"

"Ek is Vatti."

"Dan is dit totsiens my Patat, en totsiens my enigste liefling." Hy gooi die selfoon in die water en kyk na Gerrie. "Het jy iets sterker as bier?"

Hy het nog twee weke daar gekuier en het vroeg in Januarie teruggery Macs Rest toe. Hy het skaars stilgehou of ou Jan en Mieta storm uit. Dan is Jim en Agnes ook by en na die opgewonde groetery help hulle hom aflaai. Hy kyk na die opstal en buitegebou. "Julle het mooi gemaak en ek is baie bly." Hy kyk rond trek 'n gesig en vra saggies. "Waar is Bruno?"

"Mos hy is by onse klein Patatjie."

"Oo, is goed so. Jim jy is jonger, sorg dat die jeep reg is ek wil die plaas deur kyk en ou Jan sorg asseblief dat die hout reg is, ek wil braai vanaand."

Dit it is reeds na agt die een honderdste aand, nadat hy Marba en Patat gegroet het, as Donald die hoop doringhout brandsteek en sy eerste bier oopmaak. Voor hy die bottel ontprop, stop hy die kromsteel en besef dat dit die eerste keer is dat hy vandag gaan rook. Sonder om die tabak aan die brand te steek, haal hy die pyp uit sy mond en kyk daarna. "Dankie ou vriend vir al die aande wat jy my eensaamheid verbrand het. Maar die tyd van groet het aangebreek en weereens baie dankie." Hy kyk weer na die kromsteelpyp en slinger dit in die vuur. Hy kyk hoe dit vlam vat en stadig verkool, tel die bier op en kyk na die etiket van Castle bier, ontprop dit en laat die inhoud gorrelend op die gras uitloop. "Jy ook hops se kind, dankie vir die droë aande en dae wat jy klam gemaak het. Soos ek my geluk en liefde gegroet het, so groet ek jou ook. Baie dankie." Hy staan op kyk na die vuur, die leë bierbottel, draai om en steek vas.

In die flikkerende vuur se lig lyk Marba onbeskryflik mooi en langs haar lyk Rosamund broos en weerloos.

"Wat maak julle ... is alles reg?"

143

Vreugde, vrees en blydskap koeksister in sy gemoed, sy hart skop onstuimig in sy borskas.

"Ja, daar is ons kom ook groet ja." Marba se stem klink lig en vrolik.

"Ju ... julle kom groet, waarheen gaan julle? Ek het dan gedink Patat se ore is heeltemal reg?"

Sy stem is swaar en die bloed tamboer in sy ore.

"My ore is reg Vatti en ek ook. Ons het klaar die plase gegroet en nou is ons hier." Soos Marba is haar stem ook vrolik en haar Afrikaans soet in sy ore.

Voor hy kan antwoord kom Bruno aangehardloop. Hy streel die groot kop en ore, die hond lek hom orals, hy probeer nie eers keer nie. Donald staan regop en kyk na Marba. "So dit is die tyd vir groet, eers my pyp, toe die bier en nou julle. Ek dink ons moet klaarmaak, voordat my emosies se remme feil en ek dalk huil." Hy wil vorentoe loop maar sy bene weier en daar is 'n ongelooflike treurigheid in sy binneste.

Marba los Rosamund se hand, kom stadig vorentoe.

"Jy weet daar is twee maniere van groet?"

Sy stem is weg en hy skud sy kop ontkennend.

"Dit as jy iemand die eerste keer sien, dan groet jy hom en die tweede is wanneer jy gaan, nie waar nie?"

Met brute krag forseer hy die fluister uit "Ja."

"Nou hierdie is 'n hello aan Macs Rest en my enigste liefling. Hello my hartklop."

"Hello my Vatti, my enigste pappa."

Die drie liggame sweis aanmekaar, die hond lig sy kop, kyk na die volmaan en sy groet weerklink oor die plaas.

Buite die vuur se lig huil die plaasmense en klem mekaar vas.

Dit is ongeveer twee uur in die oggend as Marba haar kop van sy bors lig. In die maan se lig is haar gesig onbeskryflik mooi, maar nie so mooi soos die weergalose liefde in die groen van haar oë nie.

"Ek is so baie lief vir jou my liefste en ek sal nooit ooit weggaan nie."

"Ek is net so lief vir jou my swartkoppie."

"Ek is net so lief vir my eie mammie en pappie."

Rosamund staan in die deur met Bruno stertswaaiend langs haar.

Macs Rest, die plaas van liefde en geluk.

Geagte Leser,

Ons hoop dat u ons boek geniet het en dit boeiend gevind het. U terugvoer is baie belangrik vir ons en vir toekomstige lesers.

Ons sal dit baie waardeer as u 'n paar oomblikke kan neem om 'n resensie op Amazon te skryf. U mening help ander om ingeligte besluite te neem en dit help ons om beter te verstaan wat ons lesers waardeer.

Baie dankie vir u ondersteuning!

Vriendelike groete,
Die Malherbe Span

www.ingramcontent.com/pod-product-compliance
Lightning Source LLC
Chambersburg PA
CBHW051249170626
46809CB00004B/1560

* 9 7 8 1 9 9 1 4 5 5 2 8 4 *